Le baiser du Cap

JOSS WOOD

Le baiser du Cap

Traduction française de
VIRGINIE CANTIN

AZUR

HARLEQUIN

Collection : Azur

Titre original :
HOW TO UNDO THE PROUD BILLIONAIRE

HARPERCOLLINS FRANCE
83-85, boulevard Vincent-Auriol, 75646 PARIS CEDEX 13
Service Lectrices — Tél. : 01 45 82 47 47 - www.harlequin.fr
ISBN 978-2-2804-6788-9 — ISSN 0993-4448

Composé et édité par HarperCollins France.
Imprimé en juillet 2022 par CPI Black Print (Barcelone)
en utilisant 100% d'électricité renouvelable.
Dépôt légal : août 2022.

FSC
www.fsc.org
MIXTE
Papier issu de sources responsables
FSC® C159065

Pour limiter l'empreinte environnementale de ses livres, HarperCollins France s'engage à n'utiliser que du papier fabriqué à partir de bois provenant de forêts gérées durablement et de manière responsable.

1.

— Ton téléphone sonne.

Dans son vaste bureau d'angle situé au dernier étage du siège de son entreprise, Radd Tempest-Vane leva le nez de son dossier, ses yeux allant du visage de son frère à son smartphone dernier cri à demi dissimulé sous une pile de courrier. Il le libéra, jura lorsque des papiers tombèrent sur l'épaisse moquette et montra l'écran de son téléphone à Digby.

— C'est Naledi Radebe.

Digby leva au ciel ses yeux bleu outremer, si semblables à ceux de Radd. Ils étaient nés à onze mois d'intervalle et on les prenait parfois pour des jumeaux. Les trois frères Tempest-Vane avaient les mêmes cheveux châtain foncé, les mêmes yeux d'un bleu profond, et mesuraient un mètre quatre-vingts. Radd ignora l'étau qui se refermait soudain sur son cœur. Tant de temps s'était écoulé, mais parfois il pensait encore à Jack au présent, comme il l'avait toujours fait.

— Tu ne réponds pas ? demanda Digby, assis sur le canapé de cuir, face au bureau de Radd, avant de retourner à l'écran de son ordinateur portable posé sur ses genoux.

Toutes les deux ou trois semaines, en fonction de leur emploi du temps, lui et Digby se rencontraient – soit ici, soit dans le bureau tout aussi luxueux de Digby – pour élaborer ensemble des stratégies, planifier et discuter des orientations de l'entreprise ou échanger des informations sensibles auxquelles ils étaient les seuls à avoir accès.

— Non, je suis occupé. Tous les arrangements ont été pris en vue de son mariage avec Jonathan Wolfe.

Radd consulta son ordinateur. Il n'avait pas le temps de s'occuper de cette influenceuse en mal d'attention aujourd'hui. Son frère et lui avaient un empire à gérer, des contrats à boucler, de nouveaux marchés à conquérir ; un empire auquel ils voulaient rendre sa gloire passée, ainsi qu'un nom de famille à réhabiliter et un marché de plusieurs milliards de dollars à protéger. Au-delà des immenses baies vitrées, un extraordinaire panorama sur la Table Moutain et sur la fascinante côte atlantique s'offrait à eux. S'il avait eu l'habitude de regarder par la fenêtre, Radd aurait peut-être remarqué que c'était une journée idéale pour aller à la plage ou, à tout le moins, dehors. Mais au lieu de cela, il scrutait, sur l'énorme image projetée sur le mur en face de lui, les modifications qu'il avait apportées à la feuille de calcul complexe sur laquelle ils travaillaient.

Quelque chose clochait avec les chiffres ; il avait fait une erreur quelque part. Radd serra les dents et se passa la main sur le visage pour essayer d'évacuer sa frustration. Il se trompait rarement, et perdre du temps l'agaçait. Quand son téléphone sonna de nouveau, il ne répondit pas.

— C'est ta faute si tu as accepté de jouer les organisateurs de mariage ! gronda Radd. Naledi pense que, parce que son père a conditionné l'achat de la mine à son mariage, elle peut me donner des ordres. Bon sang, je suis bien trop occupé pour m'occuper de cette histoire !

— Trop riche et trop important, aussi… ironisa Digby.

Dig était le seul à avoir le droit de le taquiner, et personne d'autre n'y parvenait aussi bien. Radd était plus impatient et abrupt que son frère. Une ancienne maîtresse l'avait un jour qualifié de robot, et il était tenté d'approuver. Très tôt, il avait appris à cultiver une attitude stoïque, s'entraînant à cacher ses émotions, ses chagrins et ses joies. Pourtant, le fait de savoir que, dans une semaine, il aurait finalisé l'acquisition de cette mine lui donnait des palpitations. Au départ, c'était son frère Jack qui avait eu pour ambition de reconstruire le groupe Tempest-Vane et de restaurer les valeurs d'égalité, de liberté et de tolérance qui avaient fait sa réputation. Mais l'entreprise et ses biens étaient tombés dans les mains de leur père, et le nom des Tempest-Vane était devenu synonyme d'arrogance, de paresse et de dépravation. Tous ces excès avaient régulièrement fait la une des tabloïds et de la presse internationale. Être issu de parents célèbres était certes difficile, mais être le fils de Gil et Zia Tempest-Vane était un véritable enfer. Jack, en tant qu'aîné, les prenait souvent à partie, mais Gil et Zia ignoraient ses appels au calme, l'invitant à ne pas se mêler de leurs affaires. Puis, peu à peu, ils avaient cessé de prendre ses appels et de répondre à ses e-mails. Aucun des frères n'avait été surpris lorsque les maigres efforts de leurs parents pour rester en contact s'étaient réduits à de rares SMS et à des visites annuelles – s'ils avaient de la chance. La mort de Jack avait fait exploser ce qu'il restait de la cellule familiale. Bien que leurs incartades fassent toujours la une des journaux avec une fréquence alarmante, des années s'étaient écoulées sans qu'ils donnent de leurs nouvelles. Puis, il y a un an et quelques mois, Radd avait reçu un courriel de son père déclarant qu'il voulait voir ses fils, et les priant de rentrer à la maison.

Deux jours plus tard, la voiture de Gil et Zia quittait la route, en Californie du Sud, et atterrissait dans la mer, les tuant sur le coup. Rongé par le remords, Radd se demandait aujourd'hui encore pourquoi ses parents avaient décidé de rompre un aussi long silence.

Il avait une vague théorie, mais aucune preuve pour l'étayer. Il avait seize ans lorsqu'il avait compris que toutes les entreprises familiales étaient en faillite, et que la majeure partie de la fortune autrefois impressionnante des Tempest-Vane s'était évaporée. Ses parents avaient non seulement réussi à dépouiller la société de ses actifs les plus précieux, mais aussi à dépenser une bonne partie du produit des ventes. Ils avaient caché le reste dans des paradis fiscaux. Aujourd'hui, grâce à un long combat et un peu de chance, Radd avait recouvré la propriété du lodge et du Vane, un haut lieu du Cap et l'hôtel que Digby aimait tant. Mais le contrat final devait encore être signé, et Vincent Radebe, l'actuel propriétaire de la mine de diamants qu'ils essayaient de racheter, se dressait entre eux et leur objectif final. L'homme d'affaires de Soweto n'avait pas hésité à ajouter des clauses pour le moins insolites. Son plus jeune enfant, et unique fille, s'était récemment fiancée et il était déterminé à lui offrir le mariage de ses rêves. Les frères Tempest-Vane étant propriétaires de l'hôtel le plus sophistiqué du Cap, Vincent voulait que la réception ait lieu au Vane. Il avait également exigé que Radd héberge la fête de mariage au Kagiso Lodge, leur réserve animalière, pendant la semaine précédant la cérémonie officielle. Tout cela avec les meilleures prestations. Malheureusement, Radd avait trouvé trop tard un créneau sur les deux sites, ce qui avait retardé la vente. Après plus de sept mois et demi de négociations, le peu de patience de Radd était épuisé.

Comme son téléphone sonnait de nouveau, il décrocha et lança d'un ton agacé :

— Naledi, que voulez-vous ?

— Radd, ma vie est fichue ! gémit Naledi.

Radd leva les yeux au ciel en mettant son téléphone sur haut-parleur. Il ne connaissait que trop bien le goût du drame de la fille de Vincent Radebe, dont les caprices étaient légendaires.

— Bien sûr que sa vie est difficile, elle n'a reçu que vingt et un millions le jour de son vingt et unième anniversaire, murmura Digby, assez fort pour que Radd l'entende.

Radd savait à quoi Digby pensait : à respectivement vingt et un et vingt-deux ans, ils avaient cessé tout contact avec leurs parents dysfonctionnels et le seul argent liquide auquel ils avaient eu accès se trouvait dans un fonds fiduciaire mis en place par leur grand-père pour payer leurs études. Par chance, Gray Tempest-Vane avait largement surestimé le montant nécessaire et ils avaient investi chaque centime supplémentaire dans une société développant un nouveau type de système de paiement pour les transactions en ligne. Un petit e-commerçant avait adopté leur système, puis un autre et enfin ils avaient atterri chez Yours ! l'un des trois plus grands détaillants en ligne du monde. Les offres de rachat avaient commencé à affluer et, il y a cinq ans, ils avaient vendu la société à un géant de la technologie, ce qui leur avait permis de devenir les deux plus jeunes milliardaires du monde.

— Quel est le problème, Naledi ? répéta Radd.

— Les fleurs sont arrivées à Kagiso Lodge…

— Et ? demande Radd en regardant la montagne de travail qu'il devait abattre avant la fin du week-end.

Comme s'il n'avait que ça à faire, il devrait s'envoler

dès lundi matin pour Kagiso Lodge afin de superviser les derniers préparatifs de la fête.

— Les fleurs sont là, mais pas ma fleuriste ! Elle a eu le culot de programmer une opération de l'appendicite.

— Que puis-je faire pour vous, Naledi ?

— Trouvez-moi une autre fleuriste, Radd, dit Naledi de sa voix de poupée.

Ce fut Digby qui répondit :

— Le personnel du lodge a pris des cours d'art floral, Naledi, intervint Digby en faisant mine de mettre un pistolet sur sa tête et d'appuyer sur la gâchette.

— Je veux ce qu'il y a de mieux !

— Alors nous allons trouver un fleuriste et faire en sorte qu'il soit au lodge ce soir, lui dit Digby, en faisant signe à son frère d'écourter la conversation.

Celui-ci s'exécuta, puis appela Andrew, son assistant, pour lui donner ses instructions.

— Trouvez-moi un fleuriste disponible pour un rendez-vous au bureau à 14 h 30. Je l'emmènerai en avion à Kagiso ce soir et le ramènerai au Cap quand il aura terminé. Ça ne devrait pas prendre plus d'une journée… Son prix sera le mien.

Une fois qu'il eut raccroché, Radd regarda avec nostalgie la machine à café ultramoderne située à l'autre bout de la pièce. Normalement, Andrew l'approvisionnait régulièrement en caféine, mais comme les bureaux étaient vides et que Digby et lui discutaient de questions financières, il devait se servir lui-même. Et, bizarrement, bien qu'ils aient tous les deux un QI supérieur à la moyenne et des diplômes d'études supérieures en commerce, ni lui ni Digby ne savait faire une tasse de café correcte.

Radd essaya d'ignorer le mal de tête qu'il sentait venir.

— Je doute qu'Andrew trouve un fleuriste célèbre

qui laisse tout tomber pour s'envoler vers Kagiso au pied levé, dit son frère.

Radd n'en était pas si sûr. Même s'ils lui causaient beaucoup d'ennuis, les Radebe étaient une famille africaine influente, et travailler pour eux ajoutait du crédit à n'importe quel CV. Le Kagiso Lodge était aussi l'une des destinations de safari les plus prisées du continent.

Digby tira son ordinateur portable vers lui.

— Eh bien, il n'y a rien que nous puissions faire de plus pour l'instant.

Radd regarda sa montre, une Rolex Daytona vintage, l'une des plus rares au monde. Elle avait appartenu à son grand-père, et c'était son bien le plus précieux. Il régla l'alarme. Trois heures devaient être plus que suffisantes pour qu'Andrew trouve un fleuriste. Jeter quelques fleurs dans un vase ne pouvait pas être si difficile, non ?

Brinley Riddell remarqua qu'une Porsche Cayenne libérait une place de parking, juste devant le chemin menant à la plage, et inséra sa vieille Coccinelle sur la place, ignorant les cris furieux du conducteur qu'elle avait doublé. Tant pis pour lui ! Alors qu'elle retirait la clé du contact, son téléphone portable bipa. C'était un texto de sa meilleure amie, qui lui demandait ce qu'elle faisait le soir même, et le lendemain. C'était une question piège ?

> Je dîne avec Bradley Cooper ce soir et je fais un brunch avec Oprah au Vane à 10 heures demain.

Brinley sourit, satisfaite de sa réponse facétieuse. Abby et elle, amies depuis l'école, partageaient un petit cottage à Bo Kaap, et Abby savait que la lecture était son passe-temps préféré, le samedi soir y compris. Abby, la reine des boîtes de nuit du Cap, lui répondit par une phrase lapidaire, accompagnée de quelques émojis représentant des yeux levés au ciel.

Achète-toi une vie, Brin ! Heureusement que je suis là !

Brin ne répondit pas parce que a) elle voulait aller à la plage, et b) elles avaient déjà eu cette discussion cent fois auparavant. Brin était très heureuse de passer la soirée seule, alors qu'Abby avait sans cesse besoin d'être entourée. En ce sens, elle ressemblait beaucoup à Kerry, la sœur influenceuse de Brin, mais heureusement, pas par tous les aspects. Elle n'était pas grossière, méchante, égocentrique ou égoïste. Abby aimait les hommes mais, contrairement à la demi-sœur de Brin, elle ne les utilisait pas et ne jouait pas avec eux.

Dans un mouvement preste et machinal, Brin passa sa main par la fenêtre pour actionner la poignée extérieure. Aucune de ses portières ne se verrouillait mais, par miracle, sa voiture n'avait pas encore atterri à la casse. Une fois sur le trottoir Brin leva les yeux en rejetant d'un mouvement de tête ses boucles souples dans son dos. C'était l'une de ces journées africaines parfaites : le soleil d'été brillait haut dans le ciel mais une légère brise rendait la température supportable. Debout en haut de l'escalier qui menait à la plage, elle sourit, frappée comme toujours par la beauté du sable blanc et de l'eau turquoise. C'était l'un de ses endroits préférés et, depuis qu'elle avait déménagé au Cap six mois auparavant, elle avait passé beaucoup de ses journées libres ici, à nager, à lire et à regarder les surfeurs sexy et les joueurs de volley-ball. Mais elle s'était fixé pour règle de ne pas aller plus loin. Lorsqu'elle avait quitté Johannesburg, elle s'était promis de se donner tout le temps nécessaire pour se trouver, découvrir qui elle était et ce qu'elle voulait faire de sa vie… S'engager dans une relation suivie avec un homme n'aurait fait qu'ajouter à la complexité de sa situation, ce dont elle n'avait vraiment pas besoin.

Il lui avait fallu toute sa force et beaucoup de courage pour s'éloigner de sa mère et de sa sœur dominatrices, et elle se rappelait sans cesse qu'elle était libre, désormais, et n'avait plus à obéir à quiconque. Si elle n'avait pas pris cette décision, elle aurait été perdue à jamais.

Brin regarda la mer, en tentant en vain de se remémorer l'époque où le monde ne tournait pas autour des désirs, des besoins et des ambitions de Kerry, sa demi-sœur. Brin serait peut-être encore à Johannesburg, en train de travailler comme assistante personnelle de Kerry, si elle n'avait pas surpris celle-ci en train d'embrasser son petit ami !

Aussi longtemps qu'elle vivrait, elle n'oublierait jamais ce que lui avait lancé Malcolm :

« Écoute, Brin, soyons honnêtes. Ta sœur est plus intelligente et plus sexy que toi et en plus, elle a du succès ! Qu'est-ce que j'étais censé dire quand elle m'a proposé de sortir avec elle ? Non ? »

Provocatrice, Kerry lui avait donné le coup de grâce :

« Je ne crois pas qu'avec Malcolm, tu jouais vraiment dans ta catégorie, ma chérie. Qu'en penses-tu ? »

Bizarrement, la trahison de Kerry et la réaction de sa mère lui avaient fait bien plus mal que le comportement de Malcolm. En apprenant leur rupture, sa mère avait instantanément rejeté la faute sur Brin, défendant Kerry sans vergogne, arguant qu'elle devait être épargnée parce qu'elle était belle et super célèbre. Et puis, franchement, qui pourrait en vouloir à Malcolm d'avoir choisi Kerry plutôt qu'elle ?

C'est à cet instant que Brin, blessée par les paroles dédaigneuses de sa mère, qui prétendait qu'elle réagissait de façon excessive, avait compris qu'elle devait partir, aussi loin et aussi vite qu'elle le pouvait. Dès le lendemain matin, elle gagnait Le Cap et, jusqu'à présent, elle avait résisté à leurs appels incessants, à leurs tentatives pour la faire revenir. Elle avait échangé son appartement avec jardin contre une minuscule chambre dans la maison d'Abby, la Benz de Kerry contre une vieille Coccinelle, et son travail de serveuse payait à peine ses factures. Mais elle ne vivait plus dans l'ombre de sa sœur. Au Cap, elle pouvait respirer et être enfin elle-même. Pour compléter ses revenus, elle avait trouvé quelques petits boulots dans la décoration florale, son hobby, mais vivre en ville était cher et ses économies seraient bientôt épuisées…

Alors qu'elle s'apprêtait à descendre sur la plage, Brin entendit le grondement sourd d'une voiture de luxe et vit un bolide rouge entrer dans le parking et se glisser à côté de sa voiture.

— Brinley Riddell ?

Incrédule, Brinley se retourna lentement et découvrit le conducteur de la grosse cylindrée. Il était grand, athlétique et d'une beauté à couper le souffle. Brin retint un soupir quand il posa ses bras musclés sur le toit de la voiture, révélant des biceps irréprochables.

Quelle apparition ! Contrairement à son frère, Radd Tempest-Vane se tenait à l'écart de la jet-set, mais Brin reconnut aussitôt ce célèbre milliardaire, qui était aussi le célibataire le plus convoité et le plus insaisissable de la ville. Il était même plus beau en vrai que sur les photos qu'elle avait vues dans les magazines et sur Internet. Et ces yeux, mon Dieu, ces yeux ! Bleu outremer, ils semblaient renfermer un millier de secrets… Les genoux en compote, Brin le regarda s'avancer vers elle d'une démarche féline, se demandant ce que pouvait bien faire

Radd Tempest-Vane, le patron du patron de sa meilleure amie, à la plage à 14 h 30. Comme il était habillé d'un pantalon chino décontracté et d'une chemise blanche aux manches retroussées, elle supposa qu'il ne venait pas se baigner. Lorsque leurs regards se croisèrent, elle sentit un frisson courir sur sa peau, en même temps qu'une étrange chaleur l'envahissait tout entière.

— Vous êtes Brinley Riddell ? demanda Radd, qui se trouvait maintenant à deux pas d'elle à peine.

Il la cherchait ? Brin déglutit avec peine. Pourquoi donc ?

— Oui, appelez-moi Brin, répondit-elle.

Il enfonça ses mains dans les poches de son pantalon, et posa sur elle un regard impénétrable.

— Je m'appelle Radd Tempest-Vane.

Ils savaient tous les deux qu'elle savait qui il était, et Brin se demanda pourquoi il prenait la peine de se présenter.

Brin détourna le regard et fit un geste vers sa voiture.

— Beau bolide, dit-elle pour rompre le silence entre eux. C'est quoi ?

— Aston Martin DBS Superleggera, répondit simplement Radd, sans quitter son visage des yeux.

Jamais Brin n'avait éprouvé pareille sensation. Elle se sentait comme clouée au sol, incapable de bouger. Elle se demandait ce qu'elle ressentirait s'il l'embrassait, l'effet que lui feraient ses mains sur sa peau nue. Brinley ne savait pas grand-chose de Radd, si ce n'est qu'il était le type d'hommes qui pouvait lui donner tout ce qu'elle pouvait désirer, et aussi ce qu'elle ignorait vouloir.

Mais, si Malcolm était trop bien pour elle, alors elle pouvait oublier tout de suite Radd Tempest-Vane ! se dit-elle en songeant avec ironie aux cruelles paroles de sa sœur. Celui-ci fréquentait des célébrités hollywoodiennes de premier plan, des top-modèles internationaux, et parfois aussi des princesses. Brin maudit silencieusement sa sœur et son ex, et tenta de faire taire la voix de Kerry dans sa tête. Elle n'allait pas se laisser impressionner par cet homme, juste parce qu'il était riche, célèbre et sexy ! Il y avait fort à parier que Radd, comme Kerry, aimait briller, aux dépens de son entourage. Il s'agissait d'une simple attirance physique, se rappela-t-elle, une histoire de phéromones sans importance.

Quand elle se sentit enfin capable d'articuler une phrase correcte, elle retira ses lunettes de soleil, les enfonça dans ses cheveux et leva fièrement le menton.

— Vous connaissez mon nom et vous n'êtes pas habillé pour un après-midi à la plage, donc je présume que vous êtes à ma recherche.

— En effet.

Radd hocha la tête mais ne donna aucun détail.

— Voulez-vous avoir l'obligeance de me dire pourquoi ?

Parce qu'honnêtement, elle n'avait aucune idée de ce que le milliardaire le plus sexy d'Afrique pouvait lui vouloir. Contrairement à sa sœur, elle n'était ni belle ni ambitieuse. Elle ne fréquentait pas les mêmes cercles que lui, même de très loin. Elle était tout ce qu'il n'était pas : simple et sans le sou. Brin vit alors briller dans ses yeux une émotion qu'elle ne reconnaissait pas. Confusion ? Surprise ? S'il n'avait pas été Radd Tempest-Vane, réputé impitoyable, froid comme un glaçon et dur en affaires, elle aurait pu penser qu'il était un peu désarçonné. Non, elle projetait juste ses sentiments sur lui ! Après tout, être abordée par un milliardaire à la plage était quelque chose qui arrivait dans les romans d'amour, pas à des filles ordinaires vivant des vies ordinaires comme elle. Radd Tempest-Vane avait la réputation d'aller droit au but et de ne pas aimer perdre. Il était rusé, puissant et intimidant.

— Mon assistant a passé la majeure partie de la matinée à essayer de trouver un fleuriste pour faire quelques arrangements dans mon lodge, dit-il d'un ton professionnel, mais il n'a trouvé personne de disponible dans un délai aussi court. Une réception doit avoir lieu lundi en milieu de matinée, et rien n'est prêt.

Brin ne fut pas surprise. C'était la fin du printemps et le temps humide et maussade du Cap s'était retiré, laissant place à des journées chaudes et des nuits plus fraîches. C'était la période des dîners, des fêtes et des mariages.

— N'ayant réussi à joindre personne, mon assistant a demandé de l'aide à son assistant, qui a suggéré votre nom. Brin remercia silencieusement Abby.

— Vous avez besoin d'un designer floral ?

Radd la toisait. En plus d'être beau et musclé, il était incroyablement arrogant. Mais s'il lui offrait du travail, elle saisirait cette chance. Elle était douée pour la décoration, et c'était l'occasion rêvée pour le prouver – et pour ajouter un nom prestigieux à son CV.

— Je peux vous aider, dit-elle en essayant de dissimuler son enthousiasme. Quand voulez-vous que je commence, où dois-je me rendre et combien offrez-vous ?

— Il faut commencer maintenant, au Kagiso Lodge, et la rémunération proposée est de vingt-cinq mille dollars.

2.

Radd dut fournir un effort surhumain pour rester de marbre et tenir sa langue. Parce que Brinley Riddell était éblouissante. Il prit une grande inspiration, puis une autre, essayant d'ignorer les battements effrénés de son cœur et la soudaine chaleur qui l'avait envahi. Il regarda autour de lui, cherchant désespérément une autre explication à l'embrasement de tous ses sens. Et s'il était en train de tomber malade ? C'était peu probable, puisqu'il était en super forme, grâce à un entraînement sportif rigoureux. Non, c'était parce que cette femme avait le pouvoir de le faire vaciller… C'était fou. Il aimait les femmes et les femmes l'aimaient en retour, mais il n'avait jamais été du genre à perdre ses moyens devant elles. Et pourtant, Brinley Riddell, étrangement, parvenait à le désarçonner.

Radd laissa tomber ses lunettes de soleil sur ses yeux et, tandis qu'elle prenait connaissance de son offre d'emploi, s'offrit l'immense plaisir de la regarder tout à loisir. Elle était l'incarnation de la nation arc-en-ciel : en elle se mêlaient toutes les couleurs de son pays. Sa peau était d'un beau brun clair, sa bouche charnue, sensuelle et faite pour être embrassée, ses pommettes saillantes. Des taches de rousseur piquetaient son nez et ses joues.

Ses cheveux noirs étaient longs et souples, et il aurait parié sa voiture qu'ils étaient doux comme de la soie.

Elle était grande, à peine quelques centimètres de moins que lui. Son minuscule short en denim mettait en valeur ses longues jambes galbées, et le vent soulevait de temps en temps sa chemise ample, lui laissant entrevoir une poitrine spectaculaire que cachaient à peine les deux triangles orange de son haut de maillot de bain. Son ventre était aussi plat qu'une planche, mais il avait jeté un coup d'œil à ses fesses lorsqu'il s'était garé sur le parking, et elles étaient époustouflantes. C'était probablement la femme la plus attirante qu'il eût rencontrée depuis très, très longtemps. Et s'il n'avait pas été dans un tel besoin, il serait parti immédiatement. Ça n'arrivait pas souvent, mais quand il rencontrait une femme qui lui faisait un effet pareil, il fuyait au plus vite. Il aimait le sexe, mais il choisissait ses partenaires avec soin. Elles étaient toujours séduisantes, savaient ne pas parler à la presse et acceptaient qu'il ne soit pas intéressé par autre chose que quelques heures de plaisir partagé. Et, plus important encore, elles n'avaient pas de sentiments pour lui. Après avoir pâti du style de vie de ses parents, qui suscitaient scandale sur scandale, il avait décidé, il y a des années, de vivre sa vie loin des feux de la rampe – et seul. Il contrôlait ses paroles, ses actes et ses choix, mais pas ceux des autres. En outre, les liaisons occasionnelles lui permettaient de rester affectivement détaché.

Revenant à l'instant présent, Radd se concentra sur son objectif : obtenir de Brinley qu'elle accepte de prendre l'avion pour Kagiso avec lui cet après-midi et de créer une composition pour le hall d'entrée, deux pour la longue table à manger, une pour la véranda, plus une douzaine d'autres – une pour chaque lit et salle de bains des invités.

— Il s'agit d'une commande importante, mais le

fleuriste initialement prévu s'était engagé à respecter le délai, donc c'est faisable.

Une fois son explication terminée, il guetta une réaction sur le visage de Brinley. Comme elle se contentait de le fixer, il se frotta à nouveau la nuque.

— C'est possible, d'après vous ?

Brinley leva la main pour lui signifier qu'il allait trop vite. Il voulait bien lui laissait une minute de réflexion, mais le temps leur était compté, bon sang ! Ils devaient être à l'aéroport dans quarante-cinq minutes et il fallait compter, même dans l'Aston, une demi-heure de trajet. Sachant qu'ils n'avaient pas beaucoup de temps, il avait demandé à Abigail de retourner à la maison qu'elle partageait avec Brinley, de lui préparer un sac et de se rendre à l'aéroport pour le laisser à son pilote. Si Brinley disait oui, et il n'avait pas l'intention de la laisser dire non, ils partiraient immédiatement pour l'aéroport.

— Alors ? Qu'en pensez-vous ?

— Vingt-cinq mille dollars ? murmura Brinley, ébahie. Et je serai de retour au Cap demain soir ?

— J'irai jusqu'à trente mille si vous, vous acceptez dans la minute qui suit, déclara Radd, impatient.

Deux fossettes apparurent sur ses joues alors que sa bouche s'épanouissait en un large sourire, et il eut l'impression de recevoir un coup de poing à l'estomac.

— Marché conclu ! lança-t-elle, mais je dois rentrer chez moi, me doucher, me changer et faire mon sac.

— Votre amie s'en est déjà chargée, et votre bagage vous attendra à l'aéroport. Vous pourrez vous doucher et vous changer dans mon avion, mais il faut partir tout de suite, dit Radd en se redressant.

Brinley désigna du menton sa vieille Coccinelle.

— Je ne veux pas la laisser ici.

Il jeta un regard dédaigneux à sa vieille guimbarde.

— Je vous suggère d'utiliser une partie de l'argent que je vous paie pour acheter une nouvelle voiture. Celle-ci ne tient plus que par la rouille et quelques boulons.

— N'insultez pas ma voiture ! Je ne veux pas qu'on me la vole ! Je la ramène à la maison ou je ne viens pas avec vous, déclara Brinley.

L'obstination se lisait dans ses yeux verts. Vaincu, Radd se tourna en direction d'un 4x4 noir garé un peu plus loin et secoua la tête. Aussitôt, les portières s'ouvrirent et son chauffeur de longue date, Marcel, sortit.

— Si vous donnez vos clés à Marcel, il s'assurera que votre voiture arrive à bon port, affirma Radd.

Il la regarda pendant qu'elle remettait à contrecœur ses clés à Marcel, et lui énumérait la longue liste de choses à faire et à ne pas faire avec son véhicule. Au bout de cinq minutes, il jugea préférable d'intervenir.

— Marcel va se débrouiller. Il faut y aller, maintenant…

Elle redressa ses épaules, attrapa son sac de plage et le suivit tandis qu'il lui ouvrait la portière de sa voiture côté passager, révélant un intérieur ultramoderne.

Avec un soupir, Brinley posa son sac et s'assit dans le confortable siège baquet en cuir. Radd prit place au volant, puis souhaita bonne chance à Marcel et démarra.

La salle de bains du jet de Radd était presque aussi grande que celle de son appartement, mais beaucoup plus luxueuse. Brin se lava avec les articles de toilette coûteux qu'elle trouva dans la cabine, amusée de constater que le steward avait laissé à son attention un verre de Prosecco glacé dans la salle de bains lorsqu'il était entré pour disposer des serviettes. Puis elle entra dans la chambre principale et regarda le lit king size, couvert d'une élégante couette bleue et blanche. Sa valise était déjà posée sur un tabouret, prête à être ouverte. Brin la regarda en sirotant sa boisson, les délicieuses bulles pétillant sur sa langue. C'était la plus grande de ses deux valises. Pourquoi Abby avait-elle emballé autant d'affaires pour un voyage de vingt-quatre heures ? Haussant les épaules, Brinley ouvrit le bagage et lut la note griffonnée à la hâte déposée sur ses vêtements.

Je n'avais aucune idée de ce qu'il fallait prendre pour un voyage d'une nuit dans l'un des endroits les plus luxueux du monde, alors j'ai tout pris ! B, la semaine prochaine tu auras assez d'argent pour ouvrir Brin's Blooms ! N'hésite pas à me gâter. Sérieusement, je suis heureuse pour toi. Amuse-toi bien. Je t'aime ! xxx

Brin s'assit sur le lit, soudainement dépassée par les événements. Elle était partie pour passer l'après-midi à la plage, et voici qu'elle était dans un jet, volant vers le nord-est, accompagnée de l'homme le plus sexy qu'elle ait jamais rencontré ! Et, si elle remplissait correctement sa mission, elle aurait plus d'argent qu'il n'en fallait pour ouvrir sa propre boutique de fleuriste et acheter du matériel… Et il lui resterait même probablement assez pour s'offrir une nouvelle voiture !

Elle s'interrogeait. Réussirait-elle avec peu ou pas d'expérience ? Tant de petites entreprises échouaient au cours de la première année, la sienne serait-elle différente ? Était-elle faite pour être la patronne, pour prendre les décisions ? Elle avait toujours travaillé dans l'ombre, recevant des ordres plutôt que d'en donner… Mais quel choix avait-elle ? Il était hors de question qu'elle rentre chez elle et avoue à sa mère et à sa sœur qu'elle n'était pas à la hauteur des ambitions qu'elle s'était fixées ! Elle devrait avoir confiance en l'avenir, et croire en elle-même.

Respire profondément, Brinley.

Pour obtenir ce qu'elle désirait, elle n'avait qu'à arranger des fleurs et supporter cet arrogant personnage pendant une journée. Elle avait travaillé pour Kerry pendant des années, alors elle savait gérer les personnes autoritaires et capricieuses ! Brin prit une gorgée de Prosecco, et savoura le liquide frais qui coulait dans sa gorge tout en songeant à l'homme assis dans le salon de ce palace volant. Déterminé, dur, autoritaire, il l'intriguait. Deux minutes après l'avoir rencontré, elle savait qu'il était émotionnellement distant et d'un naturel cynique. Mais Brin sentait qu'il cachait sous son apparence inébranlable un caractère anxieux, agité. Elle le voyait dans sa façon de tapoter ses biceps de l'index, d'inspirer à fond pour se calmer, dans les nuances changeantes de ses yeux outremer. Oui, c'était à n'en pas douter un homme d'affaires aussi richissime qu'impitoyable…

Alors pourquoi courait-il partout pour trouver un designer floral afin d'organiser une grande réception dans son lodge ? C'était le genre de tâches que l'on confiait à un assistant, non ? Brinley ne se plaignait pas, elle était heureuse qu'il lui ait offert le poste, mais pourquoi s'occupait-il de ce qui devrait être un détail mineur dans sa vie ? Après s'être creusé la tête, elle ne voyait qu'une seule raison pour laquelle il était impliqué dans les détails de ce mariage : il était lui-même le marié et la cérémonie devait rester discrète, peut-être secrète. C'était la seule explication. Et, franchement, si elle avait raison, alors apprendre le mariage imminent de Radd serait un soulagement ! Ainsi, il n'y aurait plus rien à espérer…

Brin posa son menton sur ses mains et essaya de

donner un sens à l'attirance qu'elle ressentait pour Radd Tempest-Vane. Il était certes magnifique, musclé, sexy, et toute femme normalement constituée ne pouvait que le remarquer. Mais il appartenait à une autre et Brin Riddell n'était pas du genre à jouer les voleuses de maris. Du reste, elle ne cherchait pas à s'engager avec qui que ce soit. Elle commençait tout juste à se reconnecter avec elle-même, à découvrir qui elle était loin de sa sœur et de sa mère, et s'engager dans une relation maintenant mettrait en péril les progrès accomplis. Elle ne pouvait pas rivaliser avec Kerry, qui avait toujours été plus brillante qu'elle. Brin avait l'impression d'être en marge du cercle familial, et son désir d'être acceptée l'avait poussée à aller de l'avant. Maintenant, après des mois passés loin de sa mère et de sa sœur, elle se sentait moins anxieuse, beaucoup plus courageuse – il y a six mois, jamais elle n'aurait accepté une offre comme celle de Radd – et un peu plus réactive. Mieux encore, son cœur meurtri commençait à guérir.

Brin fit rouler ses épaules et tourna la tête d'un côté, puis de l'autre pour chasser les souvenirs du passé. Elle devait se concentrer Radd Tempest-Vane, qui lui offrait l'opportunité de se libérer complètement de sa famille. Il serait stupide de lui laisser deviner l'attirance qu'elle éprouvait à son égard, au risque de gâcher cette incroyable chance.

Elle avait juste besoin de se calmer, de boire un verre d'eau et aussi de manger quelque chose, songea-t-elle. Comme son estomac grondait en signe d'assentiment, Brin sourit. Oui, elle avait vraiment faim mais d'abord, elle devait s'habiller. Ensuite, elle retournerait voir Radd et lui demanderait ce que lui et sa future épouse voulaient qu'elle fasse avec les fleurs qui l'attendaient à Kagiso Lodge. Et peut-être, si elle le demandait gentiment, le charmant steward aux magnifiques yeux bruns lui apporterait-il un sandwich ?

Radd leva les yeux pour regarder Brinley entrer dans le salon du jet, vêtue d'une robe sans manches ivoire et rose imprimée d'énormes fleurs. Son maquillage était léger mais appliqué de manière experte et elle avait ramené ses cheveux en arrière en une queue-de-cheval soignée. Radd agrippa le bras de son siège : son capitaine ne l'avait pas prévenu qu'il y aurait des turbulences. Puis, il se rendit compte que Brinley n'avait pas réagi à l'inclinaison de l'avion. Il jeta alors un coup d'œil par le hublot et, à la vue du ciel d'un bleu très pur, il fut bien obligé de reconnaître que c'était son invitée qui lui donnait le vertige. Cela n'avait rien à voir avec la météo, l'avion ou le pilote !

Il se pencha sur le côté pour regarder à nouveau dehors, frappé par la beauté aride du paysage du Karoo, des kilomètres plus bas. Il avait fait ce voyage une centaine de fois, voire plus, mais il n'avait jamais remarqué que le sol était parsemé de taches vertes et violettes qui le faisaient ressembler à une toile abstraite. Son pays, Radd l'admettait, avait ses problèmes, mais Dieu qu'il était beau ! Il avait hâte d'arriver à Kagiso, même si ce voyage serait moins relaxant que d'habitude, à cause de la fête qui devait avoir lieu le lundi. Mais au moins, il avait un jour et deux nuits pour profiter de sa propriété favorite.

Il aimait la brousse et les animaux, mais il était assez honnête pour admettre qu'il adorait aussi Kagiso parce qu'il n'y associait aucun souvenir de ses parents. Pas de bagarres, pas d'invités étranges dans les chambres d'amis, pas de musique forte, de cris… Contrairement à leur maison familiale, une ancienne ferme située au milieu de vignes centenaires, Kagiso n'était jamais mentionné dans les journaux ou les tabloïds. Digby s'en fichait, mais il n'aimait pas qu'on parle de lui et détestait les ragots. La seule couverture médiatique qu'il était prêt à tolérer était liée aux affaires ou à son rôle de co-P-DG des holdings Tempest-Vane.

Radd remua dans son siège, mal à l'aise. Il s'efforçait de ne pas penser au passé mais, de temps en temps, il se surprenait à souhaiter l'impossible : que Jack soit encore en vie, que ses parents aient aimé leurs trois fils plus que l'argent, les honneurs de la presse et la quête constante du plaisir, que son père n'ait pas dilapidé leur héritage… Mais à quoi bon regarder en arrière, puisqu'on ne pouvait pas changer le passé ? Il valait mieux ne penser à rien du tout, et le meilleur moyen de le faire était de se concentrer sur le travail.

C'est pourquoi il était à bord de son jet, avec Brinley Riddell, qui ne resterait auprès de lui que vingt-quatre heures. Après-demain, elle ne serait plus qu'un vague souvenir, et dans une semaine, il l'aurait totalement oubliée. Il avait une mine à acheter, un service de communication à consolider, et une entreprise à développer. Il ne tolérerait aucune distraction, fût-elle aussi tentante que cette ravissante jeune femme…

Radd, assis à l'extrémité du grand canapé, préféra garder ses distances et fit signe à Brinley de prendre place dans le fauteuil placé à sa droite. La jeune femme s'assit, croisa ses longues et jolies jambes et Skye, son steward, s'empressa de lui demander si elle voulait plus de Prosecco. Brinley refusa et demanda de l'eau pétillante, puis elle désigna la coupe de fruits posée sur la table basse, devant eux.

— Vous permettez ? J'ai raté le déjeuner et je suis affamée.

Skye réagit immédiatement en lui proposant un vaste choix de mets disponibles. Et il ne plaisantait pas : Radd avait une fois lâché en sa présence qu'il avait envie de sushis et, quelques instants plus tard, un plateau parfaitement dressé apparaissait devant lui.

Brinley sourit.

— Oh ! un croque-monsieur serait merveilleux, mais je peux aussi manger un fruit.

Skye eut l'air déçu de recevoir une demande aussi prosaïque.

— Je suis sûr que nous pouvons faire mieux qu'un croque-monsieur, répondit-il. Y a-t-il un aliment que vous ne mangez pas ou auquel vous êtes allergique ?

Brinley secoua la tête et sourit au steward. En voyant d'adorables fossettes creuser ses joues, Radd sentit une étrange chaleur l'envahir. Sérieusement, c'était plus que ridicule ! Il imagina Digby se moquant de lui, raillant sa soudaine perte de maîtrise de soi…

Parce que Radd ne se laissait jamais impressionner. Par quoi que ce soit. Ses parents – et la vie – lui avaient fait subir toutes sortes d'épreuves et il les avait toutes surmontées sans que quiconque se rendre compte des efforts que cela lui avait coûtés. Il s'était entraîné à garder son sang-froid en toutes circonstances, à savoir gérer à la fois la victoire et l'échec avec calme, bref : à rester zen quoi qu'il arrive.

Il faisait tout pour éviter les problèmes et les ragots. Il ne donnait jamais aucune information aux journalistes parce qu'il ne supportait pas de voir sa vie privée étalée à la une des tabloïds.

— Non, je ne suis pas difficile, répondit Brinley à Skye, qui lui fit un clin d'œil de connivence.

— Je comprends…

Radd retint un soupir. Skye, comme tout son personnel, était exceptionnellement bien payé. Lui et Digby étaient exigeants, il ne le contestait pas, mais ceux qui travaillaient pour eux étaient récompensés.

— Je vais voir ce que je peux trouver. Radd, désirez-vous quelque chose en particulier ?

Radd perçut la surprise de Brinley devant la familiarité avec laquelle Skye s'adressait à lui. Certes, il était le patron et tout le monde le savait, alors l'appeler « monsieur » n'avait pas de sens. De plus, Skye était plus âgé que lui et Radd avait trop de respect pour ses aînés pour supporter leur déférence. Il avait juste besoin que les gens fassent leur travail, et Skye le faisait particulièrement bien.

— Tout ce que vous ferez me conviendra. Pouvez-vous m'apporter de l'eau pétillante, aussi, s'il vous plaît ?

Skye hocha la tête, promettant d'être de retour dans quelques instants, puis il quitta la cabine, les laissant seuls. Radd s'adossa à son siège et croisa les mains sur son ventre plat, se contentant de regarder Brinley qui fixait par la fenêtre le bleu infini, autour d'eux.

— Dans combien de temps est prévu l'atterrissage ? demanda-t-elle sans croiser son regard.

Radd vérifia l'heure.

— Dans une heure environ. Ce sera le crépuscule quand nous arriverons.

Brinley se retourna pour lui faire face. Comme elle s'adossait à son fauteuil, Radd aperçut ses chaussures à talons compensés de couleur ivoire et le ruban qui entourait ses chevilles fines. Elle était tellement originale qu'il n'arrivait pas à la cerner. Sa robe était griffée, mais pas ses chaussures. Le bikini qu'elle portait tout à l'heure était chic, mais ses tongs étaient de celles que l'on trouve dans n'importe quel marché de quartier. Elle conduisait une vieille voiture rouillée, mais son sac de plage était signé Gucci, bref : elle était un paradoxe ambulant. Il n'aimait pas ressentir de la curiosité, et ne voulait pas s'entendre lui poser des questions dont il attendrait avidement la réponse.

— Mes chaussures ne sont pas à votre goût ? demanda-t-elle soudain, en plantant ses yeux dans les siens.

Radd aurait aimé pouvoir dire qu'ils étaient gris, ou verts, mais ils n'étaient ni l'un ni l'autre, plutôt une étrange et fascinante combinaison des deux. Radd se demanda s'ils s'assombrissaient ou s'éclaircissaient sous l'effet de la colère ou, plus intéressant, lorsqu'elle était consumée par le désir… Bon sang, Tempest-Vane ! Ressaisis-toi !

Radd se passa la main sur le visage avant de désigner sa tenue d'un signe de tête.

— Non, pas du tout, c'est juste que… elles contrastent avec le reste de votre tenue.

Elle chassa son embarras en redressant fièrement le menton.

— Ma sœur travaille dans la mode et son dressing est plus grand que toute une boutique de vêtements. Jusqu'à ce que je déménage au Cap il y a six mois, elle m'a donné une bonne partie de sa garde-robe.

Elle était visiblement réticente à parler de sa sœur et cela l'intrigua. Pourquoi avait-elle déménagé au Cap ? Imaginait-il la pointe d'agacement qu'il percevait dans sa voix ? Elle était son employée très temporaire, une femme qui sortirait de sa vie dès le lendemain. Quel besoin avait-il de fouiller dans sa vie, pour l'amour de Dieu ? Il devait remettre cette conversation, et ses pensées, sur les rails. Elle était ici pour s'acquitter d'une mission précise, rien de plus. Soudainement, il apparut à Radd que, dans sa hâte de trouver une fleuriste, il avait oublié de vérifier ses compétences, ce qui ne lui ressemblait pas, lui d'habitude si prudent.

— Quelle est votre expérience en matière d'arrangement floral ? demanda-t-il.

Brin l'observa derrière ses longs cils.

— Eh bien, à vrai dire, je n'ai pas beaucoup d'expérience. Je suis plutôt du genre à acheter des fleurs à des marchands ambulants et à les jeter dans un vase…

Il lui jeta un regard à la fois consterné et affolé. Avec un sourire malicieux, Brin sourit et se pencha vers lui.

— Détendez-vous, je plaisante.

Son cœur se remit à battre, et il gronda, surpris qu'elle ait eu le cran de le taquiner :

— Ce n'est pas drôle…

— Je n'ai pas pu résister, répondit Brin, une lueur amusée dans le regard.

Elle fouilla dans son sac, en sortit son téléphone et tapota sur l'écran, avant de lui tendre l'appareil et de lui dire de glisser vers la droite pour consulter ses photos. Il feuilleta son book qui montrait des bouquets de mariage et d'énormes compositions florales avec un air de connaisseur. Ce qu'il vit lui plut, et il fut tout à fait rassuré.

— J'ai fait quelques mariages, quelques séminaires d'entreprise et des arrangements pour des fêtes, expliqua-t-elle. J'ai toujours aimé jardiner et faire pousser toutes sortes de choses…

Il perçut une note d'insécurité dans sa voix, puis elle reprit.

— Au début, c'était un hobby, mais je me crois assez douée pour en faire une carrière. C'est ce que me disent mes clients, en tout cas.

Il n'était pas là pour la rassurer ni la soutenir, et il n'avait jamais été du genre à encourager les gens, mais l'envie de dissiper ses doutes était forte. Radd saisit l'arête de son nez et la pressa pour chasser ces idées incongrues de son esprit. Brin ne ressemblait à aucune des personnes qu'il avait rencontrées et pour une raison quelconque, elle avait le pouvoir de le désarmer. Pourquoi elle, et pourquoi maintenant ? Il avait besoin de rester détaché, d'être indifférent à tout s'il voulait se protéger. Il s'était entraîné à rester stoïque en toutes circonstances, mais quelque chose chez Brinley lui donnait envie de sortir de son cocon, d'abattre ses défenses. Il devait battre en retraite au plus vite. S'il lui était resté un peu de bon sens, il aurait sorti son ordinateur portable et l'aurait ignorée pendant le reste du vol. Il la payait pour faire un travail, il n'était pas en plus tenu de lui faire la conversation !

Hélas, elle se pencha en avant et désigna son téléphone.

— Alors, que pensez-vous de mon travail ?

Radd lui rendit son téléphone et haussa les épaules.

— Je suppose que cela fera l'affaire. J'avoue que je ne suis pas un grand spécialiste…

Il était hors de question de lui dire qu'il préférait les arrangements déstructurés, plus naturels et plus… luxuriants.

Brin parut déçue par sa réponse, mais elle se reprit rapidement, et il apprécia qu'elle ne manifeste pas sa contrariété.

— Pouvez-vous me donner une idée des fleurs avec lesquelles je vais devoir travailler ? Et de vos préférences ? demanda Brinley en remettant son téléphone dans son sac.

C'était une question piège.

— Je crois qu'elles sont bleues, répondit-il avec une nonchalance feinte. Et il faut les arranger dans des vases. Il y en a de toutes les tailles.

Brinley lui lança un regard à la fois amusé et complètement frustré.

— Vous n'avez pas d'autres informations ?

— Non, je regrette, admit Radd.

— Très bien, murmura Brinley, non sans ironie.

Skye posa deux verres remplis de glaçons devant chacun d'eux et ouvrit une bouteille d'eau.

— Votre fiancée sera-t-elle au lodge ? reprit Brin. Elle pourrait peut-être me consacrer un peu de temps pour me donner une idée de ce qu'elle veut.

Sa fiancée !

Radd perçut la réaction de Skye et lui jeta un regard vif, que celui-ci saisit aussitôt puisqu'il finit de servir leurs boissons et s'éclipsa.

Dès qu'il eut quitté la pièce, Radd regarda Brinley.

— Pourquoi pensez-vous que c'est moi qui me marie ?

— Ce n'est pas le cas ? répondit-elle, étonnée.

Radd se demanda pourquoi elle avait l'air si déçue d'apprendre qu'il n'était pas sur le point de se faire passer la corde au cou. Pour dissiper tout malentendu, il lui affirma qu'il était célibataire et entendait bien le rester.

Puis il s'interrogea : pourquoi ressentait-il le besoin de s'expliquer, lui qui ne s'expliquait jamais ?

Embarrassée, Brinley tenta de se justifier :

— J'ai juste cru que, comme vous étiez impliqué dans tout cela, vous avez un lien personnel avec… l'événement. Les hommes comme vous, les hommes d'affaires de haut vol, ont des gens pour organiser ce genre de choses, non ?

— C'est juste, en effet. Mais il se trouve que ces hommes d'affaires, contrairement à moi, n'ont pas un contrat de plusieurs millions de dollars qui dépend de ce mariage, et ne sont pas obligés de satisfaire les caprices d'une enfant gâtée dont son père est l'esclave…

Radd but la moitié de son verre avant de le reposer sur la table.

— Il est crucial que la mariée et son père soient satisfaits et croyez-moi, ils ne vont pas nous faciliter la tâche.

Brinley se détendit quelque peu.

— Dans ce cas, pouvez-vous me dire qui se marie et pourquoi vous devez à tout prix leur complaire ?

D'abord réticent, il songea qu'il pouvait bien le lui révéler. Ce n'était pas une information publique, mais pas non plus un secret, après tout.

— Nous sommes en négociation avec Vincent Radebe, un homme d'affaires qui doit nous vendre quelque chose que nous convoitons. Une des conditions de la vente est que nous offrions à sa fille Naledi le meilleur mariage possible. Cela commencera par des festivités données au Kagiso Lodge, suivies d'une cérémonie de mariage à l'hôtel Vane, samedi prochain.

Radd eut l'impression de voir le sang se retirer de son visage, soulignant les taches de rousseur qui piquetaient son nez et ses joues. Comme elle écarquillait les yeux, il crut qu'elle allait s'évanouir. Se levant d'un bond, il la saisit doucement par les épaules. Peut-être avait-elle pris trop de soleil, ou trop peu mangé, ou peut-être était-elle déshydratée ? C'était possible. À moins que la perspective de travailler pour un couple de célébrités l'impressionne au plus haut point, songea-t-il, un peu déçu.

En effet, Brinley n'avait pas l'air du genre à se pâmer. En tout cas, pas pour lui.

3.

Une fois dans le cabinet de toilette, elle se regarda dans le miroir. Elle était pâle, ses yeux paraissaient hantés et son rouge à lèvres s'était effacé. Son visage reflétait ce qu'elle ressentait : une stupéfaction mêlée de ressentiment.

Ces derniers mois, depuis qu'elle avait quitté Johannesburg et rompu presque tout contact avec sa famille, sa vie s'était déroulée paisiblement. Elle avait retrouvé le sommeil et commencé à évacuer son stress, et elle avait travaillé dur pour trouver un nouvel équilibre. Bien qu'elle ne soit pas complètement heureuse – comment pourrait-elle l'être alors qu'elle était constamment sur la brèche ? – elle était satisfaite et pour l'instant, cela lui suffisait. Les six derniers mois s'étaient déroulés sans drame, mais ce qui lui arrivait en ce moment était plus que bouleversant. Elle ne savait pas par où commencer pour essayer de donner un sens à tout cela…

Tout d'abord, Radd Tempest-Vane n'était pas fiancé ! En apprenant cela, elle s'était sentie exposée, vulnérable. S'il avait été amoureux de quelqu'un d'autre, elle aurait eu une très bonne raison d'ignorer son attirance pour lui. Mais l'homme avait la mauvaise idée – quelle prouesse, quand on y pensait ! – d'être célibataire. Ça n'avait pas d'importance, se dit Brin, ou du moins cela ne devrait pas en avoir. Sa réaction physique à son égard était purement hormonale, et relevait de la biologie la plus élémentaire : elle était une jeune femme, lui un homme séduisant, et, oui, elle avait une libido en bon état de marche. Il n'y avait pas de quoi s'inquiéter. D'ailleurs, elle avait un problème bien plus important que son attirance inconvenante pour Radd.

Brinley prit une profonde inspiration et se força à fixer le sol afin de ralentir son rythme cardiaque. Alors qu'un million de couples étaient sur le point de s'unir, elle se rendait au Kagiso Lodge pour s'occuper des fleurs pour le mariage de Naledi Radebe, l'ennemie jurée de Kerry ! Pourquoi fallait-il que ça tombe sur elle ? Naledi et sa sœur avaient été amies, mais leur amitié n'avait pas résisté à la rivalité : un jour, Kerry avait été préférée à Naledi pour une campagne publicitaire. Furieuse, cette dernière avait fait courir la rumeur selon laquelle Kerry avait séduit un homme qu'elle-même convoitait. Lors d'une fête, des gifles avaient été échangées et les photos parues dans la presse n'avaient épargné personne. L'une avait porté plainte pour agression, l'autre avait répondu de la même manière, mais chacune avait fini par se rétracter pour entamer par réseaux sociaux interposés une guerre qui les avait laissées toutes deux exsangues. Les hostilités avaient finalement cessé, mais ni Kerry ni Naledi n'avait jamais amorcé une réconciliation.

Sachant qu'elle avait besoin de plus d'informations, Brin prit son téléphone, accéda au Wi-Fi embarqué et fit une recherche rapide. Elle tomba aussitôt sur un article annonçant les fiançailles de Naledi avec Jonathan Wolfe. Mon Dieu, oui, c'était l'homme avec qui Kerry avait eu une aventure, deux ans auparavant ! Quelle galère ! Calmée ou non, Naledi serait furieuse d'apprendre que c'est la propre sœur de sa pire ennemie qui était chargée de réaliser son bouquet de mariage. Elle se moquerait de savoir que Brin et Kerry n'avaient quasiment aucun contact, et le simple fait qu'elles étaient parentes suffirait sans doute à la mettre en rage. Kerry, quant à elle, lui reprocherait sans doute sa trahison, au nom des liens qui les unissaient. Jet-setteuses gâtées et capricieuses, les deux jeunes femmes n'étaient pas connues pour leur discrétion, ni leur sobriété, et saisiraient sans doute cette occasion pour s'écharper de nouveau sur les réseaux sociaux.

Quel désastre ! Brin arpentait la petite salle de bains, se demandant ce qu'elle devait faire. Elle aurait pu parler à Radd de son lien lointain avec la mariée, mais si elle le faisait, il la renverrait au Cap, et adieu son gros chèque ! Pour lui, l'enjeu était un gros contrat d'affaires et il ne pouvait pas se permettre de contrarier les Radebe. Il trouverait une autre fleuriste, et elle renoncerait à son projet. Hélas, elle avait besoin de cet argent ! Si elle passait vingt-quatre heures à Kagiso et faisait du bon travail, elle pourrait créer une activité qui la passionnait et travailler comme fleuriste à son compte, ce qui la rendrait très heureuse.

Elle n'avait pas besoin, comme sa sœur, d'être toujours au centre de l'attention, de courir les événements mondains pour se sentir exister. Sa vie serait discrète, mais elle l'aurait choisie, complètement ! Tout en réfléchissant, Brin se rongea l'ongle du pouce. Radd lui avait dit qu'elle devait quitter le lodge le lendemain après-midi et que les invités à la fête n'arrivaient que le lundi matin. Elle pourrait s'occuper des fleurs, toucher l'argent nécessaire pour monter sa propre affaire et partir avant l'arrivée de Naledi, laissant à Radd le soin d'expliquer qui avait réalisé les décorations florales. Oui ! décida-t-elle, soudain rassérénée. Elle devait tenter le tout pour le tout car, si elle ne saisissait pas cette opportunité, elle le regretterait toute sa vie.

Brinley se regarda dans le miroir, heureuse de voir que la couleur était revenue sur son visage et que ses yeux n'avaient plus l'air hantés. Elle progressait. Elle pouvait réussir, et elle allait réussir ! Il le fallait.

Comme elle regagnait le salon, elle vit Skye déposer une assiette sur une petite table basse. Les couverts en argent, les verres en cristal et les serviettes en lin donnaient l'impression qu'elle se trouvait dans un restaurant trois étoiles, alors qu'elle était en plein ciel ! Brinley s'avança et découvrit une magnifique salade de fruits de mer, un mets qu'elle adorait, mais que son budget ne lui permettait pas de déguster souvent.

— Oh ! ça a l'air délicieux ! dit-elle en s'approchant de la table.

Radd s'assit en face d'elle et prit la bouteille de vin blanc dans le seau à glace en argent.

— Vous avez meilleure mine, observa-t-il.

— Une légère hypoglycémie, je pense, répondit Brinley évasivement, tandis que Skye déposait un peu de mayonnaise dans son assiette.

Radd la dévisagea.

— Vous êtes sûre que ce n'était que cela ?

Brin n'aimait pas mentir, mais quel choix avait-elle ? Elle n'allait tout de même pas renoncer à ses rêves, alors qu'elle n'avait besoin que de vingt-quatre heures pour les réaliser ! Elle haussa les épaules en posant une serviette de lin sur ses genoux.

— Ça a été une journée intéressante, mais riche en émotions fortes, dit-elle simplement.

Il posa sur elle un regard aigu.

— Je veux que vous sachiez, mademoiselle Riddell, que je n'aime ni les secrets ni les surprises. Je déteste cela, même. Donc, s'il y a quelque chose que je dois savoir, dites-le moi maintenant.

Aïe... En plus d'être un impitoyable homme d'affaires, il possédait un instinct très sûr, et Brin était reconnaissante de ne jamais l'avoir rencontré dans une salle de réunion. Il n'aurait fait d'elle qu'une bouchée...

— Je n'ai rien mangé de la journée et je suis probablement un peu déshydratée, affirma-t-elle avec un sourire. Je serai en pleine forme à l'atterrissage.

Radd avait l'air d'en douter, mais Brin avait parlé d'un ton détaché pour l'inciter à changer de sujet. Il lui fallait toute la force de sa volonté pour ne pas détourner le regard, sachant que si elle le faisait, il le prendrait comme un signe de faiblesse ou, pire, comme la preuve de son mensonge.

Ce fut Skye qui lui sauva la mise.

— Nous atterrirons dans quarante minutes, dit-il. Bon appétit.

— Laissez vos bagages, dit Radd. Le personnel les montera jusqu'au lodge.

Brinley acquiesça et le suivit sur le petit tarmac. Dehors, l'air était différent : chaud, mais chargé de parfums riches et fleuris. Alors qu'elle regardait la brousse autour d'eux, elle se sentit instantanément en communion avec cette terre ancestrale. Des cieux immenses, de l'air pur, une végétation épaisse... C'était sauvage, luxuriant, et si différent de la vie urbaine à laquelle elle était habituée !

Brin remarqua les jeeps utilisées pour observer les animaux garées sur le côté de la piste d'atterrissage, à côté desquels se tenaient deux guides vêtus de shorts kaki, de chemises camouflage et de chaussures de randonnée. Tout à coup, Brin s'arrêta, se retourna et regarda Radd, qui marchait quelques pas derrière elle.

— C'est une question ridicule, mais où sommes-nous, exactement ?

La bouche sévère de Radd forma une ébauche de sourire.

— Nous sommes à la limite sud du désert du Kalahari.

Lorsqu'ils atteignirent la piste, Radd lui prit la main, faisant courir un frisson sur sa peau, et lui montra les hautes montagnes d'un bleu violacé qui projetaient leur ombre sur les plaines, en contrebas.

Émue par ce geste inattendu, Brin ne put s'empêcher de pencher la tête et de la poser sur son épaule. Elle le sentit se crisper, retenir son souffle, et elle ferma les yeux. Confuse, elle retira brusquement sa main pour lisser un pli imaginaire, sur son T-shirt.

Il ne lui en fallut pas davantage pour se promettre de ne toucher désormais Radd sous aucun prétexte. Comme celui-ci s'adressait de nouveau à elle, elle s'efforça de concentrer sur ce qui l'entourait.

— Nous sommes dans ce que nous appelons le Kalahari vert, expliqua-t-il. La réserve abrite des lions à crinière noire, des rhinocéros noirs du désert, des zèbres de Hartmann, des guépards, des gemsboks, des antilopes rouannes, des pangolins et bien d'autres animaux encore. L'argent versé par les hôtes du lodge finance nos efforts d'entretien et de conservation de ces terres. Les animaux et leur habitat naturel sont notre priorité.

Brinley avait perçu l'émotion dans sa voix, et vu la passion dans ses yeux. Pendant ce bref instant, Radd n'était plus le businessman milliardaire que le monde entier connaissait, mais un homme ardent qui défendait une cause qui lui tenait à cœur.

Brin comprit soudain à quel point Kagiso était important pour lui. Les notes de son eau de Cologne se mêlaient à l'odeur de l'herbe et de la poussière de l'Afrique sauvage pour former une fragrance enivrante, qui incitait à la rêverie.

Tout à coup, Brin eut envie de goûter l'Afrique dans sa bouche et sur sa peau, de sentir les bras de Radd l'attirer contre son corps…

Comme s'il avait lu dans ses pensées, celui-ci leva la main et passa son pouce sur sa lèvre inférieure, puis sur sa pommette. Que faisait-il ? Elle pensait avoir vu du désir dans ses yeux, mais l'expression de son visage restait dure, fermée. Était-elle son genre ? Se pouvait-il qu'il soit aussi attiré par elle qu'elle l'était par lui ? En le voyant baisser la tête, Brin espéra qu'il allait l'embrasser, mais une seconde plus tard, il recula et s'éloigna d'elle comme s'il venait de se brûler.

— Je crois… qu'il vaut mieux nous arrêter là, Brinley, dit-il, visiblement confus.

À son tour, elle fit un pas en arrière. Oui, bien sûr, il avait raison ! Ne s'était-elle pas dit exactement la même chose ? Brinley regarda au loin, furieuse contre elle-même. Pourquoi n'arrivait-elle pas à admettre que pour elle, Radd Tempest-Vane était strictement, complètement, définitivement interdit ? Ce n'était pourtant pas très compliqué à comprendre !

Pour rompre le silence gênant qui s'était installé, Radd la conduisit vers une jeep. L'un des guides lui ouvrit aussitôt la portière côté passager. Radd s'adressa à l'homme dans une langue africaine, d'un ton autoritaire, comme toujours. Celui-ci se contenta de hocher la tête en guise de réponse.

— Quelle langue parle-t-on ici ? demanda Brin en soulevant sa jupe pour monter dans le véhicule.

Elle s'installa sur son siège tandis que Radd fait le tour du véhicule et prenait place au volant.

— Le tswana, répondit-il.

Il posa ses avant-bras sur le volant et regarda la brousse épaisse, au-delà de la piste d'atterrissage.

— *Kagiso* signifie « paix » en langue tswana. J'ai passé beaucoup de temps ici avec mon grand-père paternel quand j'étais enfant, presque toutes les vacances scolaires. On m'a dit que je parlais cette langue avant même de savoir l'anglais.

— C'est impressionnant. J'aimerais beaucoup parler une langue africaine.

Radd tourna la clé dans le contact et le moteur démarra.

— Pourquoi ne pas apprendre ? Il est évident que vous avez du sang africain.

— Ma mère est métisse, et mon père est blanc. Mon grand-père était Sotho, mais nous n'avons jamais parlé qu'anglais à la maison, répondit Brinley, sans croiser son regard. Du côté de ma mère, on a depuis longtemps délaissé sa culture d'origine.

— C'est dommage.

Il ne croyait pas si bien dire…

— Pourquoi est-ce vous qui conduisez et pas votre personnel ? demanda Brin, désireuse de changer de sujet.

Radd prit un virage serré sur la gauche. Il ne lui répondit pas immédiatement et, l'espace d'un instant, elle crut qu'il n'allait pas le faire. Mais il finit par soupirer et par hausser les épaules.

— En règle générale, j'aime conduire moi-même. Et je connais ces routes depuis que j'ai dix ans. J'aime cet endroit.

Brin l'examina avec attention.

— Plus que vous n'aimez votre magnifique appartement de Camps Bay ou votre vignoble de Stellenbosch ?

Il eut un sourire amusé.

— Vous avez fait des recherches sur moi, mademoiselle Riddell ?

— Cela vous flatterait-il ? rétorqua-t-elle aussitôt. Je suis au courant de l'existence de vos propriétés parce que le jardin sur le toit de votre appartement et votre vignoble ont tous deux été présentés dans un magazine de jardinage auquel je suis abonnée.

— Ah, oui, c'est vrai ! Je me souviens que mon paysagiste m'a demandé la permission d'emmener un photographe du magazine dans les deux propriétés.

Brin pensait que Radd serait bien en peine de décrire ses propres biens, et le soupçonnait d'avoir une vision limitée des choses qui n'étaient pas directement en rapport avec son travail. Si elle avait eu des jardins comme les siens, elle ne les aurait jamais quittés !

La main crispée sur le volant, Radd lui expliqua que ces autres propriétés n'étaient que des biens qu'il possédait, mais qu'il considérait le Kagiso Lodge comme sa maison, un lieu de liberté et de paix. Ses souvenirs de cette terre n'étaient que des souvenirs heureux… L'odeur de la pipe du grand-père, le camping sous les étoiles ou dans les grottes décorées d'art rupestre San, les courses folles avec Jack et Digby et les enfants du personnel du lodge. Les jours de grande chaleur, ils se jetaient dans le grand réservoir d'eau, et s'endormaient au son des aboiements des chacals, une fois la nuit venue. Souvent, les trois frères imaginaient leur avenir, sans leurs parents…

Quand Radd tourna la tête vers Brin, il vit une ombre

imposante évoluer lentement au loin. Il freina, s'arrêta et désigna l'animal.

— Un rhinocéros noir, regardez… souffla-t-il. C'est une espèce en voie de disparition.

— Il est impressionnant…

Machinalement, Brin posa la main sur sa cuisse et Radd prit une profonde inspiration : il avait l'impression de ressentir une brûlure sur sa peau, à travers le tissu de son pantalon. Son désir explosa, aussi violent qu'un orage africain. Il fixa son profil exquis, et se rendit compte qu'il avait eu envie d'elle dès qu'il l'avait vue près de sa vieille Coccinelle.

Oui, il la désirait. Plus qu'il ne l'aurait cru, plus qu'il ne s'y attendait. Mais ce n'était que la réaction normale d'un homme face à une femme sexy, n'est-ce pas ? Rien ne portait à croire qu'il s'agissait de plus que cela. Il n'avait pas fait l'amour depuis un moment, et il avait besoin d'avoir de nouveau une femme dans son lit. En fait, son attirance pour Brinley était simple et facile à expliquer…

Quand le rhinocéros s'enfonça de nouveau dans la brousse, Brinley laissa échapper un long soupir. Le sang en ébullition, il se demanda si elle soupirait ainsi quand elle s'abandonnait entre les bras d'un homme. Puis, elle se tourna pour le regarder, sa bouche à quelques centimètres de la sienne. Dans la lumière déclinante, ses yeux étaient dorés, et si fascinants qu'il en eut le souffle coupé. Sous son maquillage léger, il devinait ses jolies taches de rousseur et soudain, il eut envie de lui arracher sa robe pour voir si la peau de son corps en était elle aussi constellée…

Son regard se riva au sien et, dans ses yeux, il lut un désir pareil au sien. Leurs deux cœurs battaient à l'unisson. Il voulait la goûter, juste une fois, pour savoir enfin si sa bouche était aussi douce qu'il l'imaginait. Radd approcha ses lèvres des siennes, et lui donna un baiser léger, presque chaste. Mais la seconde d'après, elle entrouvrit la bouche et fut incapable de résister. Sa langue franchit la barrière de ses dents et se mêla à la sienne, tandis qu'elle se cambrait légèrement, avide de savourer ce premier baiser. Mais, au lieu d'attendre qu'il lui donne ce qu'elle voulait, Brin, sans rompre le contact avec sa bouche, se retourna doucement et vint se placer à califourchon sur lui, les genoux pliés de chaque côté de ses cuisses. Elle agrippa sa chemise tandis qu'elle approfondissait son baiser, exigeant davantage…

Alors, toute pensée rationnelle déserta Radd. Il remonta sa robe et fit courir ses mains sur ses cuisses, sur tout son corps…

Son dos, la courbe de ses hanches minces, ses fesses généreuses… S'éloignant de sa bouche, il déposa une pluie de baisers dans son cou, mais Brin glissa la main derrière sa nuque et lui inclina doucement la tête pour pouvoir prendre sa bouche à nouveau.

Sa passion était contagieuse et bientôt, ses baisers ne lui suffirent plus : il en voulait plus, il voulait tout d'elle. Ses mains sur sa poitrine, sur son sexe durci… Il voulait explorer les moindres replis de son corps, voir ses seins généreux, goûter le miel entre ses jambes. Jamais il n'avait eu autant envie d'une femme que de Brinley Riddell. Et pour la première fois, cela le terrifiait. Car jamais il n'avait accordé ce pouvoir à aucune femme. Le pouvoir de le troubler, de le faire sortir de lui-même…

Soudain, le grondement sourd d'un moteur perça le silence nocturne. Radd réagit aussitôt. D'un geste preste, il souleva Brinley et la replaça sur son siège avant de démarrer à la hâte, alors que les phares de l'autre véhicule apparaissaient derrière lui.

Hébétée, Brin se retourna pour regarder le second véhicule avant de se renfoncer dans son siège.

— Nous avons failli être surpris ! murmura-t-elle.

— Je suis leur patron et je suis sur mes terres, rétorqua Radd, d'un ton brusque. Par conséquent, ils auraient fermé les yeux.

Brin ne répondit pas, mais Radd sentit son regard sur lui et se demanda si son cœur, comme le sien, était sur le point de bondir hors de sa poitrine, tant elle brûlait d'envie qu'il stoppe à nouveau le véhicule et reprenne là où ils s'étaient arrêtés. Il en avait follement envie, lui aussi, et fixait la piste devant lui pour tenter de recouvrer ses esprits. Il contourna aisément un caméléon, tout en continuant d'observer sa passagère du coin de l'œil. Ses doigts posés sur sa cuisse tremblaient légèrement. Oui, elle était à la fois frustrée et très excitée, elle aussi. L'alchimie entre eux ne pouvait être niée, leur désir mutuel était vivant, vibrant. Mais s'il se manifestait avec autant de force, n'était-ce pas à cause de l'abstinence, qui était son lot depuis trop longtemps ?

Non, ce n'était pas possible, car ce n'était pas la première fois qu'il traversait une période de solitude, et jamais il ne s'était senti aussi affamé, aussi éperdu de désir. C'était cette jeune femme et elle seule qui avait allumé en lui ce brasier, qui lui avait donné envie de l'embrasser, de la pointe de ses jolis pieds jusqu'à la racine de ses cheveux soyeux, de découvrir tous ses secrets, de l'entendre crier de plaisir entre ses bras, de découvrir si elle était aussi ardente qu'il le devinait. Brinley était à la fois sexy et intelligente, mais il avait également l'impression qu'elle manquait d'expérience et de confiance en elle. Même s'il préférait les femmes plus habiles, il aimait bien l'idée d'enseigner à Brinley un peu de ce qu'il savait…

D'un geste rapide, Radd chassa un insecte qui voletait dans son cou, et revint à la réalité. Cette jeune femme était son employée pour vingt-quatre heures seulement, après quoi elle sortirait de sa vie pour toujours. Il n'était pas du genre à séduire les inconnues de passage, encore moins lorsqu'elles manquaient d'expérience. Alors, peu importe qu'il perçût en elle une sensualité brute, qui ne demandait qu'à s'exprimer, il n'était pas celui qui la révélerait à elle-même. Il n'était le professeur de personne. À part être le frère de Digby, il n'était rien pour personne. De plus, il avait été aux premières loges pour voir les ravages de l'amour au sein du couple de ses parents… Oui, les sentiments nous faisaient perdre le contrôle de nous-mêmes. Chaque relation exigeait un engagement, or il n'avait ni le temps ni l'envie de s'engager, préférant les rapports superficiels. Si l'on ne s'engageait pas, alors nos actes et les paroles ne pouvaient pas être mal interprétés. C'était une idée simple qui lui avait été très utile. Si son instinct ne le trompait pas, Brinley Riddell ne tarderait pas à trouver ses failles. Et pour s'assurer que ça n'arrive pas, il devrait garder ses distances. Il la déposerait au lodge et se retirerait dans sa villa privée, située à la limite de sa propriété. Il avait son ordinateur portable et suffisamment de travail pour s'occuper. Si tout se passait bien, Brinley aurait terminé ses arrangements floraux dès le lendemain et il pourrait la ramener au Cap, la payer et la faire disparaître de sa vie – et de son esprit…

4.

Elle avait embrassé Radd Tempest-Vane, l'homme qui tenait son avenir dans ses mains.

Quelle idiote !

Brin s'humecta les lèvres dans l'espoir de pouvoir encore sentir le goût frais et puissamment viril de cet homme qui, en l'espace de quelques instants, l'avait transportée dans un autre univers. Elle n'avait pas eu le temps d'explorer son corps, mais elle savait que ses cuisses étaient fortes, son ventre musclé, ses mains grandes et habiles. Le contact de ses lèvres avec les siennes avait suffi à libérer la tigresse qui était en elle, à la priver de toute raison, de toute pensée. Oh ! elle aurait aimé pouvoir dire qu'elle se serait dérobée s'il avait insisté davantage, mais elle n'en était pas si sûre. Ses mains sur ses jambes, sur ses fesses, lui avaient fait un tel effet qu'elle avait dû se faire violence pour ne pas le supplier de caresser ses seins, de toucher le cœur de son intimité, palpitant de désir…

Car elle le désirait, plus qu'elle n'avait jamais désiré un homme auparavant. Elle était piégée ! Un baiser, quelques caresses avaient suffi à lui faire oublier pourquoi céder à Radd était une mauvaise, très mauvaise idée. Elle devrait peut-être enregistrer un message vocal et l'écouter à chaque fois qu'elle était tentée d'oublier les cent raisons pour lesquelles il ne fallait pas qu'elle s'approche trop près de Radd Tempest-Vane ?

Faut-il te réciter la liste encore une fois ? Pour la énième fois ?

Elle était en pleine quête d'elle-même, elle travaillait sur son insécurité, ses idées noires. Et elle n'avait pas besoin de compliquer ce processus avec une attirance incongrue, non souhaitée. Car Radd, type même de l'alpha mâle dur et autoritaire, correspondait précisément au genre de personnes dont elle n'avait pas besoin dans sa vie. Et peu importe qu'il soit sexy et riche – ô combien !

Brin laissa échapper un soupir. Bien qu'elle ait été habituée au train de vie faste de sa sœur, ce n'était rien comparé au quotidien de Radd, qui la désarçonnait totalement. Peu de gens avaient les moyens de vivre comme lui, et comme l'argent n'était pas ce qui la motivait, elle n'avait jamais aspiré à vivre ainsi. Être acceptée, avoir le sentiment d'appartenir à une communauté soudée, voilà ce qu'elle appelait de ses vœux ! L'univers de Radd, fait d'excès en tout genre, d'opulence, n'était pas ce qu'elle recherchait. Ce n'était pas là qu'était sa place. Si elle cédait à ses avances, il profiterait d'elle puis la rejetterait sans vergogne quand il se serait lassé d'elle, la laissant le cœur meurtri, plus malheureuse encore qu'avant leur brève idylle. C'était un scénario qu'elle voulait éviter à tout prix.

Oh ! il y avait aussi le fait qu'elle était en quelque sorte… en train de lui cacher un secret. Mais comme cela n'affectait pas leur accord, elle pouvait vivre sans lui parler de la querelle stupide qui avait opposé Kerry et Naledi.

Ne le touche pas, Brinley Riddell, même si tu en as

très envie. Fais juste ton travail, prends le chèque et disparais. Hors de sa vue, hors de sa vie…

Brin consulta sa montre.

Tu dois rester ici pendant encore une vingtaine d'heures, alors tu peux sûrement contrôler ton cœur, la tête et tes mains pendant ce temps-là, non ?

Et sa langue ! Pour quelqu'un qui avait toujours eu du mal à s'exprimer, sa bouche fonctionnait à une vitesse supersonique. Qu'est-ce qu'il lui prenait ?

Brin aperçut des lumières entre les arbres, qui se firent plus brillantes à mesure qu'ils grimpaient sur la colline. Radd tourna à gauche et là, au bord d'une falaise, elle vit un bâtiment qui, malgré sa taille impressionnante, semblait faire partie du paysage. Au-delà, la plaine s'étendait sur plusieurs kilomètres en contrebas. En un éclair, ce spectacle à couper le souffle lui fit oublier ses rêves érotiques. Radd arrêta la voiture et ils admirèrent le paysage tandis que le soleil rouge sang descendait sous l'horizon. On distinguait des silhouettes d'animaux dans la plaine, mais elles étaient si éloignées qu'il était impossible de les identifier. C'était l'Afrique éternelle : sauvage, vaste et d'une incroyable beauté.

Bien trop tôt, Radd gara son véhicule près de l'entrée du lodge. Puis il se retourna sur son siège pour lui faire face.

— Ma gouvernante, Mari, vous retrouvera à l'intérieur et, après vous avoir montré votre chambre, elle vous expliquera ce que vous avez à faire et où vous pouvez travailler. Le lodge est vide pour le moment, vous serez la seule invitée ce soir. Le chef cuisinier vous a préparé un dîner et Mari sera là pour vous apporter tout ce dont vous avez besoin – collations, outils, matériel divers…

Elle le regarda d'un air perplexe.

— Oh… Je pensais que vous logeriez ici, vous aussi, dit Brin.

Ne sachant pas si elle devait être satisfaite ou déçue, elle se mordilla nerveusement la lèvre. Être seule lui donnerait le temps de consolider ses défenses, de se remettre les idées en place. Mais cela signifiait aussi se trouver loin de Radd, or son corps réclamait cette proximité avec le sien.

— Il y a des chambres d'hôtes dans le lodge et quelques suites, expliqua Radd. Ma suite personnelle, que nous appelons la villa, se trouve à l'extrémité de la propriété.

Radd se passa la main dans les cheveux en un geste impatient.

— Mettons les choses au clair, si vous êtes d'accord.

Brin fronça les sourcils. Quand une conversation commençait ainsi, elle se déroulait rarement bien.

Les avant-bras posés sur le volant, Radd fixait les ombres, devant lui. Son regard s'arrêta sur ce qui ressemblait à une grande terrasse, et en percevant un scintillement dans le noir, Brin comprit qu'il s'agissait d'une grande piscine à débordement, dont l'eau semblait s'écouler du côté de la falaise. Comme elle avait hâte de découvrir le lodge à la lumière du jour ! Il serait à la hauteur de ses attentes, elle en était sûre.

— Pour une raison étrange et inexplicable, vous semblez oublier que vous êtes ici pour travailler, mademoiselle Riddell, commença-t-il d'un ton sévère. Je vous ai fait un pont d'or pour arranger des fleurs…

En levant les yeux vers lui, Brin constata que son regard d'un bleu marine profond, presque noir, était plus implacable que jamais. Ses lèvres formaient maintenant un pli dur sur son visage qui semblait taillé dans le granit. Il agissait comme si elle était la seule à avoir apprécié leur baiser, comme si elle s'était jetée sur lui, comme si elle était entièrement fautive. Croyait-il sérieusement à ce qu'il disait ?

— Êtes-vous bien sûr que c'est à moi que vous faites la leçon ? demanda Brin, une fois de plus stupéfaite par son arrogance.

Pour qui se prenait-il donc, pour lui parler ainsi ?

Pour toute réponse, Radd se contenta de la fixer, sans se départir de son expression impénétrable. Elle ne le connaissait que depuis quelques heures, mais elle n'aimait pas ce qu'il tentait de cacher derrière cette façade énigmatique.

Ne fais pas de vagues, Brin, et ravale les mots qui te brûlent les lèvres ! Sors de cette voiture et éloigne-toi.

Mais c'était ce qu'elle faisait toujours, et cette fois, elle voulait le faire réagir. Elle refusait de se glisser dans l'ombre, et de se faire tancer comme une collégienne pour une faute qu'elle n'avait pas commise. Depuis qu'elle avait quitté Johannesburg, elle n'était plus prête à payer pour les autres.

Incrédule, elle s'entendit prononcer ces mots :

— Puis-je vous rappeler que vous m'avez embrassée, vous aussi ? Je ne suis pas la seule à m'être égarée. Je sais pourquoi je suis ici, monsieur Tempest-Vane ! Je ne l'ai pas oublié une seule seconde. Mais ne prétendez pas que vous n'êtes pour rien dans ce dérapage !

Radd laissa échapper un soupir irrité, et elle vit ses larges épaules se soulever et s'abaisser lentement.

Puis, au bout d'un long moment de silence, il reprit la parole :

— D'accord, j'admets que vous avez raison : je suis très attiré par vous. Mais croyez-moi, je n'irai pas plus loin avec vous ! marmonna Radd. Vous n'êtes pas mon genre. Vous êtes trop…

Elle avait hâte d'entendre la suite, et le poussa dans ses retranchements.

— Je suis trop… quoi ?

— Trop… dangereuse, lâcha-t-il dans un souffle.

Il pensait qu'elle était dangereuse ? Impossible. Quelle menace pouvait-elle représenter pour Radd Tempest-Vane ?

– Entrez, Brinley, suggéra Radd. Mari est à l'intérieur, elle va s'occuper de vous.

Il avait l'air épuisé, à bout de patience. Peu disposée à s'imposer à lui dans ces conditions, Brinley attrapa son sac et ouvrit sa portière.

— Je vous verrai demain matin, lui dit-elle en essayant tant bien que mal de garder sa contenance.

Après tout, il fallait bien que l'un d'eux sauve les apparences ! Tenant fermement la bandoulière de son sac, Brin monta les marches menant dans le hall du lodge. Il n'y avait pas de réception, juste deux grands bancs de pierre séparés par une table basse. Sur les murs, des tableaux abstraits reflétaient la lumière du soleil couchant qui s'estompait rapidement. Brin tourna à gauche et, en entrant dans le grand salon, comprit tout de suite pourquoi tous les magazines de voyage classaient cet hôtel parmi les plus luxueux du monde. Le mobilier était évidemment très haut de gamme mais semblait incroyablement confortable : coussins moelleux, tables d'appoint en bois brillant et poufs dans des tons verts, dorés et bruns, toutes les couleurs de la brousse africaine. Elle aurait pu se perdre dans ce décor enchanteur, mais ses yeux furent attirés par les immenses portes coulissantes qui s'ouvraient sur la vaste terrasse et la piscine à débordement étincelante. À mesure que le soleil déclinait, des étoiles apparaissaient dans l'obscurité croissante, d'abord une, puis une autre, puis une autre encore. L'air embaumait, et Brin posa sa main sur son cœur, saisie une fois de plus de cet étrange sentiment de communion avec la nature environnante. Bien qu'elle n'ait jamais visité cette région auparavant, son âme la reconnaissait…

— Mademoiselle Riddell ?

Détachant à contrecœur ses yeux du ciel nocturne, Brin se retourna et vit une femme mince traverser le pont jusqu'à elle et lui tendre sa longue main élégante. Ce sosie d'un célèbre top-modèle devait être Mari, la gouvernante de Radd. Elle était sublime.

— Bienvenue au Kagiso Lodge.

— Merci, c'est magnifique, répondit Brin.

Mari leva les sourcils.

— Radd ne vous a pas montré votre chambre ?

— Il s'est retiré dans sa villa, je crois.

— Je suis sûre que vous avez envie de vous reposer, vous aussi, répondit aimablement Mari.

— Je pourrais aussi rester toute la nuit ici à regarder les étoiles, avoua Brin, rêveuse.

Mari lui adressa un petit sourire.

— Eh bien, dans votre suite, vous pouvez vous tremper dans une piscine privée et regarder les étoiles.

Oh ! mon Dieu ! C'était… merveilleux.

— Vous pouvez dîner dans votre chambre, si vous préférez, et commander la boisson que vous désirez.

Ce fut au tour de Brin de hausser les sourcils.

— N'importe quelle boisson ?

Mari hocha la tête.

— Oui, ou presque.

Brin leva de nouveau les yeux vers le ciel désormais très noir avant d'emboîter le pas de Mari qui, à longues enjambées, la guida à l'intérieur du pavillon. Elle traversa un salon au sol d'ardoise, effleura un canapé de cuir souple, admira les sculptures et les étonnantes peintures qui ornaient les sols et les murs. C'était incroyable…

Puis Mari ouvrit une porte latérale donnant sur un couloir qui les mena dans une bibliothèque magnifiquement aménagée en bureau.

— C'est votre bureau ? demanda Brin.

— J'aimerais bien ! répondit Mari en souriant. Non, c'est le bureau que les invités utilisent pour passer les appels importants, organiser des vidéoconférences ou envoyer les e-mails qu'ils ne peuvent pas se permettre de reporter. C'est la seule pièce du lodge disposant du Wi-Fi, elle est donc assez fréquentée, vous vous en doutez…

Elle éviterait cette pièce, songea Brin, qui aimait bien l'idée d'être injoignable.

— Et voici notre salle de réception, où nous organisons des miniconférences, des cocktails ou des soirées dansantes.

Mari alluma une lumière et recula pour permettre à Brin d'entrer dans la pièce.

— Pourquoi venir ici alors qu'on pouvait profiter de la terrasse ? demanda Bri.

Mais elle n'attendit pas la réponse, car son regard venait d'être happé par des fleurs bleues disposées dans des seaux, sur la longue table en acier inoxydable. Il y avait des delphiniums, des hortensias, des jacinthes et des roses, de délicates orchidées et des freesias. Brin laissa tomber son sac sur le sol et se précipita vers la table, baissant la tête pour humcr les fleurs. Elle passa son doigt sur les délicats pétales d'une rose blanche teintée de bleu en son centre. Il y avait aussi d'énormes vases en verre et des pots de terre cuite, du ruban adhésif, des ciseaux et du fil de fer, des rubans délicats et des bouteilles d'engrais. Quelques croquis de compositions étaient posés sur le bureau et Brin les observa rapidement, songeant aux ajustements qu'elle pourrait faire ici ou là. Regarder les étoiles plongée dans son bain moussant attendrait un peu, songea-t-elle, car elle venait de pénétrer dans ce qui était pour elle un véritable paradis !

Il était un peu plus de 5 heures, le lendemain matin, lorsque Radd entra dans la salle à manger. Il se dirigea droit vers la machine à café et glissa sa tasse sous le bec verseur. En entendant un bruit de pas, il se retourna et sourit en voyant l'une de ses plus vieilles amies s'avancer vers lui.

— Tu es bien matinal ! lui lança Mari après lui avoir donné une brève accolade. As-tu bien dormi ?

Pas vraiment. Il s'était tourné et retourné pendant des heures, incapable de chasser de son esprit le souvenir de Brinley. Sa bouche sur la sienne, la chaleur de sa peau... Il avait embrassé beaucoup de femmes, avait eu des conquêtes, mais aucune ne lui avait fait perdre le sommeil. Il n'aimait pas ça du tout.

À propos, où était-elle donc ? se demanda-t-il. La porte de sa suite était ouverte quand il était passé devant. Il l'avait appelée mais n'avait reçu aucune réponse. En jetant un œil à l'intérieur, il avait remarqué que son lit était fait.

— As-tu demandé à un guide d'emmener la fleuriste faire un tour en voiture ? demanda-t-il à Mari, occupée à se servir une tasse de café.

— Non, je ne l'aurais pas fait sans ta permission, répondit celle-ci, une légère ride marquant son front lisse.

— Mais alors, où est-elle passée ? Elle n'est pas dans sa chambre, tu l'as vue ce matin ?

Radd sentit son sang se glacer dans ses veines. Pourvu qu'elle n'ait pas eu la mauvaise idée de partir se promener ! Le lodge n'était pas clôturé et des animaux – sauvages, libres et dangereux – le traversaient parfois. La semaine dernière encore, un léopard s'était couché dans les branches de l'acacia, devant l'une des villas.

Radd s'en voulait. Tout occupé à l'embrasser, il ne lui avait pas transmis les consignes de sécurité. Bon sang, comment avait-il pu être aussi stupide ? Mari posa une main sur son bras.

— Je suis sûre qu'elle va bien, Radd. Restons calmes, d'accord ?

C'est vrai. Il ne paniquait jamais, alors pourquoi sa gorge était-elle à ce point nouée ? Prenant une profonde inspiration, il secoua la tête pour chasser ses émotions négatives et ses visions de Brinley se faisant attaquer par une hyène ou mordre par un cobra du Cap.

Tu réagis de façon excessive, Tempest-Vane !

— Pourquoi ne pas aller jeter un œil dans la salle de conférences ? suggéra Mari. Elle a peut-être décidé de se lever tôt pour s'occuper des préparatifs.

Pourquoi n'y avait-il pas pensé avant ? Oh ! peut-être parce qu'il n'avait pas dormi, qu'il était frustré et furieux qu'une femme qu'il avait rencontrée hier – hier, pour l'amour du ciel ! – ait réussi à bouleverser son monde. Il avait hâte que cette journée se termine afin de la mettre dans son avion et de la renvoyer au Cap. Il n'aimait pas se sentir désarçonné, déséquilibré, hors de contrôle. Le contrôle, c'était la clé de tout.

Sa tasse de café à la main, Radd sortit de la salle à manger et emprunta le couloir qui menait à la salle de conférences. Il ouvrit la porte de la pièce inondée de lumière et écarquilla les yeux devant les énormes bouquets posés sur la table, au milieu de la pièce. C'était une explosion de blanc, d'ivoire, de bleu, de vert, une composition luxuriante. Bien que les fleurs soient importées pour la plupart, elle avait réussi à évoquer la brousse environnante. Cela rappelait les couleurs du printemps, le ciel d'été, l'écrasante chaleur de la terre africaine au début de la journée. Les seaux sur le sol étaient pour la plupart vides, à l'exception de quelques tiges de verdure. Son travail était fait, et exceptionnellement bien fait, mais où diable était Brin ?

Alors qu'il avançait dans la pièce, le pied botté de Radd heurta quelque chose de mou, et il découvrit un sac fourre-tout posé sur le sol. Il se dirigea alors vers le canapé à haut dossier placé à l'autre bout de la pièce, et fut vite rassuré : Brin était recroquevillée sur les coussins moelleux, les mains sous la tête, ses boucles noires reposant sur sa joue. Comme elle portait les mêmes vêtements qu'hier, il était évident qu'elle n'était pas allée dans sa chambre hier soir. Il prit doucement une mèche, puis une autre, et les écarta de son visage. Son maquillage avait disparu et il vit les taches de rousseur sur son nez droit, la minuscule cicatrice au milieu de son front. Ses cils, longs et épais, touchaient sa joue, soulignant les cernes bleutés sous ses yeux. Jusqu'à quelle heure avait-elle travaillé ? Agrippé au dossier du canapé, Radd la regardait, luttant contre la vague de désir qui menaçait de le consumer. Il pouvait tourner les talons et ignorer ce qu'il ressentait, mais à quoi cela l'avancerait-il ? Il voulait comprendre. Pourquoi ressentait-il cela ? Pourquoi ressentait-il quoi que ce soit pour elle, d'ailleurs ? Il n'avait pas l'habitude de prêter autant d'attention à ses sentiments, ni même d'en éprouver. Il s'était entraîné à ne pas réagir, à refouler ses émotions. Et il devrait continuer, parce que Brinley n'était en aucun cas son genre. Il sortait avec des femmes sophistiquées, des femmes qui savaient ce qu'elles voulaient et avaient de l'expérience. Il sortait avec des blondes cool et des brunes piquantes, des reines de beauté africaines et des rousses ardentes. Leur apparence importait peu, pourvu qu'elles soient indépendantes et souhaitent le rester. Alors pourquoi diable s'était-il laissé emporter par l'élan qui l'avait poussé vers Brin, hier ? Pourquoi avait-il passé des heures à imaginer la sensation qu'il éprouverait à sentir son corps nu contre le sien ? Et que faisait-il encore en cet instant, à la regarder fixement ? Il n'y avait qu'une seule explication. Il perdait la tête, alors qu'il n'aurait dû songer qu'à une chose, sa priorité absolue : s'assurer que le mariage de Naledi se déroule sans accroc et faire signer à Vincent l'acte de vente final de la mine. Ramener cette mine dans le giron du groupe Tempest-Vane était le plus important. Sitôt la vente conclue, l'annonce de l'augmentation de la capacité de production et de l'embauche de milliers de travailleurs ferait la une des journaux. Cette nouvelle susciterait un intérêt pour leurs activités et redorerait leur image. Le nom de Tempest-Vane attirerait l'attention, mais pour le meilleur, cette fois. L'espoir était que la campagne de publicité finirait par détourner l'intérêt des médias pour la disparition de leurs parents et mettrait l'accent sur l'actualité commerciale de l'entreprise, qui comptait parmi les plus dynamiques du pays. Plus d'un journaliste avait, au fil des ans, monté en épingle des incidents mineurs de sa vie et de celle de Digby, en essayant de montrer que lui et son frère étaient comme Gil et Zia. Les frasques de Digby – voitures de course, fêtes incessantes et vie amoureuse trépidante – faisaient beaucoup parler. Les tabloïds adoraient les scandales, mais Radd était déterminé à montrer au monde que lui et son frère n'avaient que peu en commun avec leurs géniteurs, dont ils ne partageaient pas les valeurs. Grâce à quelques interviews ciblées qu'il avait l'intention de donner à des journalistes de confiance, le monde verrait que lui et Digby étaient des jeunes gens sérieux et responsables. Que l'on pouvait à nouveau faire confiance aux Tempest-Vane.

Radd se frotta la mâchoire et prit une grande inspiration afin de recouvrer son calme. Penser à ses parents avait renforcé sa détermination. Les sentiments, il l'avait compris très tôt, étaient des obstacles. L'amour était un mirage, un mythe et un mensonge. De plus, Brinley n'était pas son genre, se répéta-t-il une fois encore. Il avait besoin de sommeil et elle aussi, visiblement.

Soudain, Brin ouvrit lentement les yeux et Radd se rappela la photo de la Mona Lisa africaine, la fille aux yeux verts dans un visage noir. Brin avait le teint beaucoup plus clair, mais la couleur de ses yeux, véritables puits de lumière, était aussi intense.

— Quelle heure est-il ? demanda-t-elle d'une voix un peu rauque.

— Un peu plus de 6 heures, répondit Radd en la regardant bondir sur ses longues jambes

Elle s'étira et l'ourlet de son T-shirt se releva légèrement, révélant une bande de peau dorée. Soudain, il eut envie de poser la bouche sur son ventre, de glisser la tête sous le T-shirt pour trouver ses seins et en happer la pointe.

Radd pencha la tête en arrière et étudia le haut plafond. La journée allait être longue, très longue, mais cet après-midi, heureusement, elle serait dans son avion pour Le Cap. Il pourrait alors l'oublier, elle et l'effet dévastateur qu'elle avait sur lui. Pourtant, l'idée de son départ lui laissait par anticipation un goût amer dans la bouche.

Sans doute parce qu'il préférait la compagnie de Brin à celle de Naledi et de son père – sans parler des nombreux invités qu'il devait encore rencontrer.

Une fois debout, Brin se pencha pour toucher ses orteils, enroulant ses bras derrière ses genoux et poussant ses fesses en l'air.

— Vous avez dormi ici, la nuit dernière ? demanda-t-il pour chasser les images torrides qui l'assaillaient.

Certes, il comprenait qu'il se montrait indiscret, mais c'était mieux que de la prendre dans ses bras pour la renverser sur le canapé et lui faire des choses que cette pièce n'avait jamais vues – ou peut-être que si, connaissant les amis qu'il invitait au lodge.

— J'ai dû terminer vers 2 heures, répondit Brin, avant de passer les doigts dans ses cheveux pour tenter de les discipliner.

Elle s'avança vers les bouquets de fleurs posés sur la table.

— Qu'en pensez-vous ?

Il perçut de nouveau cette note d'insécurité dans le ton de sa voix, le désir muet d'être rassurée. En temps normal, il l'aurait ignoré, mais de son côté Brin avait fait un effort pour mener à bien sa mission avant l'expiration du délai accordé. Elle avait fait un excellent travail et cela ne lui coûterait rien de le lui dire, n'est-ce pas ?

— Vos compositions sont magnifiques, répondit-il sincèrement.

Brin planta ses yeux dans les siens tandis qu'un sourire plein d'espoir retroussait ses jolies lèvres.

— Vraiment ? Vous êtes sincère ?

— Je ne dis jamais des choses que je ne pense pas, affirma-t-il.

Brin s'approcha de la table, prit une rose ivoire et la repiqua presque au même endroit.

— C'est mieux comme ça, dit-elle.

Quand il posa la main sur la sienne pour l'éloigner doucement du bouquet, Radd sentit un frisson courir sur sa peau. Ridicule ! Mortifié, il enfonça ses mains dans les poches de son jean.

— Pour tout vous dire, je n'ai pas vraiment travaillé dans les règles de l'art, ni respecté les instructions de la fleuriste qui m'a précédée. Elle voulait des arrangements plus structurés, mais je pense que ceux-ci fonctionnent beaucoup mieux, surtout maintenant que j'ai vu l'intérieur du Kagiso Lodge. C'est beau, c'est luxueux, mais ce n'est pas rigide, ni trop sophistiqué. J'ai donc suivi mon instinct.

Et elle avait fait mouche. À propos d'instinct, le sien lui disait qu'ils s'accorderaient à merveille, au lit, tous les deux…

Tempest-Vane ! Arrête ça tout de suite, pour l'amour de Dieu !

— Mais Naledi pourrait ne pas apprécier que ses dessins originaux soient modifiés. Peut-être que je devrais les changer à nouveau, et…

— Pas question ! Pour chaque fleur que vous déplacez, je déduis 500 dollars de votre paiement ! lança Radd d'un ton qui n'admettait pas de réplique. Vous avez déjà perdu 500 dollars en touchant cette rose !

Brin le regarda d'un air interrogateur avant de comprendre qu'il la taquinait.

— D'accord…

Elle fit un pas en arrière, puis fronça son joli nez.

— J'ai besoin de café. Et d'une douche. Si vous êtes

satisfait de ma prestation, pourriez-vous dire à votre pilote de venir me chercher ?

C'était la meilleure solution, songea Radd. Ainsi, elle serait partie avant midi et il pourrait passer le reste de la journée seul dans son endroit préféré, ce qui ne lui arrivait quasiment jamais, et recharger ses batteries. Mais au lieu de répondre à cette demande, il tenta de gagner un peu de temps.

— Le café est servi dans la salle à manger, si vous voulez vous joindre à moi…

5.

Brin, assise sur le siège passager d'une Land Rover Safari, rejeta en arrière ses cheveux qui volaient devant son visage et se tourna vers Radd. Vêtu d'un T-shirt rouge moulant qui soulignait ses biceps, d'un vieux jean délavé, de bottes usées, et une casquette du Kagiso Lodge vissée sur la tête, il n'avait plus rien de l'homme d'affaires urbain qu'elle avait rencontré au Cap. Un léger chaume ombrait sa mâchoire et, ses larges mains posées sur le volant, il engageait avec aisance la Land Rover sur une route secondaire, s'enfonçant plus profondément dans la réserve. Il était évident qu'il savait où il allait et, à chaque kilomètre parcouru, elle sentait sa tension retomber. Il aimait être ici, c'était son coin de paradis.

Elle-même n'aurait pas pu en dire autant – pas encore. Peut-être sa boutique, si elle l'ouvrait enfin, deviendrait-elle le seul endroit où elle serait totalement chez elle, où elle aurait tout contrôle ? Brin s'adossa à son siège, savourant la caresse du soleil matinal sur son visage. Elle était épuisée, mais ravie de son travail de la nuit dernière. En entrant dans la salle de réception, elle avait juste voulu regarder les fleurs, et établir un plan d'action pour ce matin. Mais ensuite, elle avait déniché quelques orchidées bleues qui l'avaient aussitôt inspirée. Un bouquet, puis un autre, et, toute à sa création, elle avait perdu la notion du temps. Peu de choses pouvaient lui faire ainsi oublier qui et où elle était… Radd, la veille, avait réussi. Quand il l'avait embrassée, elle avait oublié la raison de sa présence au Kagiso Lodge, oublié qu'elle se trouvait dans une voiture décapotable au milieu de la brousse africaine, et qu'elle et Radd évoluaient dans des mondes complètement différents. Dans ses bras, elle n'avait pas l'impression d'être la petite sœur de Kerry, une fille fauchée, peu sûre d'elle-même et qui ne s'était pas encore trouvée. Dans ses bras de Radd, elle s'était sentie comme la meilleure version d'elle-même.

Brin soupira et frotta ses mains sur son jean pour chasser ces pensées troublantes. Il ne devrait pas prendre autant de place dans son esprit. Dans quelques heures, elle serait de retour au Cap et, un peu plus tard, dans son cottage de Bo Kaap. Demain, ou mardi, selon la rapidité du virement effectué par Radd, son argent serait disponible et elle serait libre. Elle ne rentrerait pas à Johannesburg et n'aurait plus à subir les sarcasmes de sa mère et de sa sœur. Elle n'aurait plus peur d'avoir à reprendre son job d'assistante de Kerry – qui en avait déjà épuisé trois en six mois. Elle n'avait plus peur qu'on ne voie en elle que la demi-sœur de Kerry Riddell.

Après son retour au Cap, elle ne reverrait pas Radd. Ils vivraient tous deux dans la même ville, mais ne se côtoieraient pas. Et c'est ainsi que cela devait être. Mieux valait être réaliste : il n'y avait aucune chance pour qu'elle et Radd conservent un quelconque lien. Mis à part le fait qu'il était milliardaire et qu'elle était fauchée – même si, avec un peu de chance, elle ne le resterait pas longtemps – ils étaient si différents ! Il était complètement sûr de lui et très à l'aise avec lui-même et sa place dans le monde. Le fait qu'il collectionne les aventures indiquait une phobie de l'engagement, et si elle lui cédait, elle ne serait jamais rien de plus qu'un nom sur sa liste de ses conquêtes. Mais, plus que ça, Radd était le genre d'hommes qu'elle devait éviter. Il avait une volonté de fer, des opinions bien tranchées. Il était également dominateur et elle était prête à parier qu'il était peu enclin à faire des concessions. Elle avait passé les dix dernières années sous la coupe de deux femmes très autoritaires, et elle ne voulait pas perdre à nouveau sa voix, sa liberté. Elle commençait tout juste à s'épanouir, comprenant lentement qui elle était et ce dont elle était vraiment capable. Sortir avec Radd aurait anéanti tous ses progrès. Non, se trouver, retrouver sa confiance en soi et son assurance était plus important que d'entamer une liaison torride avec un homme qui la rejetterait quand il se serait lassé d'elle. Et cela ne tarderait pas à se produire parce que, à en croire la presse people, il se lassait de tout le monde. En matière de femmes, Radd se montrait extrêmement versatile. Oui, décidément, tomber amoureuse de Radd Tempest-Vane serait une très mauvaise chose. Le summum de la stupidité, or elle refusait d'être cette femme-là.

Brin soupira, se demandant pourquoi elle se posait autant de questions pour quelque chose qui, de toute façon, n'arriverait pas. Elle allait partir dans quelques heures et bientôt tout ceci ne serait plus qu'un étrange souvenir.

Radd changea de vitesse alors qu'il approchait d'une colline escarpée, montrant du doigt un phacochère qui fourrageait dans les arbustes, à côté de la route. Brin regarda l'animal en souriant : il était à la fois laid, drôle et très sale. Il leva les yeux vers eux, grogna et s'enfuit, la queue pointée vers le ciel. Ils atteignirent la crête de la colline et la brousse s'éclaircit, révélant une vaste savane. À gauche de la route, elle aperçut une petite zone clôturée, et deux pierres tombales au-delà du portail en fer. Brin se tourna vers Radd et remarqua que, bien qu'il ait ralenti, il regardait droit devant lui, comme s'il n'avait pas remarqué le cimetière. Elle posa sa main sur son avant-bras nu et musclé, ignorant la chaleur qui irradiait dans ses doigts et le long de son bras.

— Qui est enterré là, Radd ?

Radd botta en touche.

— J'ai parlé à l'un des rangers ce matin, et il m'a dit qu'il avait vu un groupe de jeunes lions mâles, juste derrière cette crête. Allons voir si nous pouvons les repérer, proposa-t-il, un muscle tressaillant sur sa mâchoire crispée.

Elle aurait aimé voir des lions mais, étrangement, l'histoire du petit cimetière lui semblait plus importante.

— Je préfère aller visiter ce cimetière, dit-elle. Pouvez-vous arrêter la voiture ?

Radd freina brusquement.

— C'est juste un cimetière rempli d'inconnus ! lança-t-il, glacial.

Brin savait qu'il essayait de l'intimider et qu'il s'attendait à ce qu'elle se recroqueville dans son siège et lui dise de continuer. Elle n'en fit rien. Elle descendit de la Land Rover et commença à marcher en direction du cimetière.

— Brin, attendez…

Il sortit un fusil du coffre de la voiture et le mit en bandoulière. Les yeux de Brin s'écarquillèrent alors qu'il la rejoignait, scrutant la brousse autour de lui.

— Cette arme est-elle vraiment nécessaire ? demanda-t-elle.

— C'est une terre sauvage, Brinley, remplie d'animaux.

Les visiteurs ne sont pas censés quitter le véhicule, et s'ils le font, ils doivent être encadrés par nos rangers armés.

Radd poussa le petit portail et fit signe à Brin de le franchir. L'endroit était bien entretenu. Brin s'arrêta devant la première pierre tombale, plus ancienne que toutes les autres, mais elle fut incapable de distinguer les dates ou les noms. Puis elle se tourna vers une sépulture plus récente qui, découvrit-elle, était celle de Jack Tempest-Vane. Jack devait être le frère de Radd, et il était mort quand celui-ci n'était encore qu'un adolescent, comprit-elle en se livrant à un rapide calcul. Non loin de là une stèle noire, plate et sans ornement brillait au soleil. « Gil et Zia Tempest-Vane », lut-elle. Les parents de Radd, morts depuis moins de deux ans, étaient enterrés près de leur fils. Brin posa la main sur son cœur, envahie par une subite vague de tristesse.

— Brin, allons-y, dit Radd.

Brin avait une foule de questions à lui poser, mais les mots moururent sur ses lèvres quand elle vit son visage dur et froid. Refermant le portail derrière elle, elle suivit Radd et le remercia discrètement lorsqu'il lui ouvrit la portière côté passager.

Radd rangea le fusil derrière le siège et au lieu de démarrer le véhicule, ouvrit une thermos et versa du café dans la tasse qu'il tendit à Brin.

— Désolé, mais nous allons devoir partager. Si vous faisiez un vrai safari avec l'un de nos rangers, vous prendriez votre petit déjeuner au bord d'un point d'eau, assise à une table. Vous auriez un verre de champagne à la main et un croissant dans votre assiette pendant que le chef vous préparerait une omelette aux truffes…

Brin le regarda par-dessus le rebord de la tasse.

— Je suis désolée pour votre frère et vos parents, dit-elle simplement.

— Je suppose que vous savez des choses au sujet de mes parents ? lâcha-t-il avec un long soupir.

Bien sûr ! Qui ne connaissait pas les Tempest-Vane ? Elle avait lu le récit de leurs frasques dans les journaux et les magazines people, et admiré la façon dont ils faisaient un pied de nez au monde entier. Mais elle comprenait aussi que le comportement de ses parents embarrassait Radd.

— La cérémonie a eu lieu à Paarl, dans la maison familiale, mais leurs cendres sont ici. C'est une tradition dans la famille, mais quand ils sont morts, nous avions rompu tout contact depuis près de vingt ans.

— Vingt ans ! répéta Brin, stupéfaite.

— C'était mieux ainsi, car ils étaient une source constante d'humiliation, reprit Radd.

— Et… vous ne leur avez pas parlé une seule fois pendant tout ce temps ?

Radd eut un haussement d'épaules.

— Mon père m'a laissé un message deux jours avant l'accident, disant qu'ils rentraient à la maison et qu'ils voulaient nous présenter quelqu'un.

— Qui était-ce ?

— Dieu seul le sait ! répondit Radd. Connaissant mes parents, ça pouvait être n'importe qui. Ils étaient très excentriques et fréquentaient une faune étrange.

— Avez-vous déjà regardé dans leurs papiers, vérifié leurs messages téléphoniques, lu leurs e-mails ? demanda Brin. Qu'avez-vous gardé ?

Radd esquissa un sourire.

— Calmez-vous, Sherlock Holmes ! Nous avons mis tous ses effets personnels dans des cartons stockés au grenier de la maison familiale. Mon père n'était pas très fiable, et cette fameuse personne aurait tout aussi bien pu être une strip-teaseuse qu'il avait rencontrée et qui avait attiré son attention ! Brin fronça les sourcils.

— Il vous a déjà présenté des strip-teaseuses ?

Le sourire de Radd s'élargit.

— Vous avez une imagination débordante ! dit-il.

Son expression se durcit et elle vit sa main se crisper sur le volant. Puis, Radd posa sur elle ses yeux d'un bleu profond, sombre et intense. Ils exprimaient la douleur, la culpabilité, la colère. Avait-elle été trop loin ?

— Je vous demande de ne jamais répéter ce que je viens de vous dire, Brinley, déclara Radd d'un ton grave.

— Vous avez ma parole.

Brin lui passa la tasse de café et le regarda prendre une longue gorgée, les yeux clos. Puis il mit ses lunettes de soleil. – Alors, on va les chercher, ces lions ? lança-t-elle pour faire diversion.

À cet instant, la sonnerie stridente du téléphone de Radd retentit, et il décrocha, en même temps qu'il désignait de la tête un grand arbre, à l'ombre duquel une antilope se reposait.

— C'est un grand koudou. Salut, Dig !

Il s'arrêta pour entamer sa conversation et, bien qu'elle ne puisse pas discerner les mots de son interlocuteur, elle comprit à l'expression horrifiée du visage de Radd qu'il était porteur de mauvaises nouvelles. Elle eut soudain l'impression qu'ils parlaient d'elle.

Radd aurait-il pu découvrir son lien avec Naledi ? Si oui, cela n'avait plus d'importance, se dit-elle : son travail était terminé, et elle quittait le lodge.

— OK, bien, merci de me le faire savoir. Je t'appellerai dans la matinée pour prendre d'autres dispositions, dit Radd avant de raccrocher.

— Un problème ? demanda Brin.

— Oui. Le pilote a appelé Digby ce matin, il a détecté un problème lors de son vol de retour hier. Les techniciens y travaillent, mais l'avion ne pourra pas venir vous chercher aujourd'hui et les réparations prendront quelques jours, peut-être plus.

Ce fut une véritable douche froide pour Brin.

— Les Radebe ont accepté d'utiliser leur propre jet, expliqua Radd, qui partira de Johannesburg, les rejoindra au Cap, les débarquera ici et retournera à Johannesburg.

Il se tourna vers elle, mi-amusé, mi-embarrassé :

— Alors, qu'est-ce que je vais faire de vous ?

La couleur avait déserté le visage de Brin, et Radd remarqua que sa main tremblait. Quelques minutes plus tôt, alors qu'ils parlaient de ses parents – un sujet qu'il n'abordait jamais, pas même avec Digby – il avait eu l'impression d'être sur la sellette, mais il était évident que maintenant, c'était elle qui était mal à l'aise. Plus tard, il essaierait de comprendre pourquoi il avait révélé tant de choses à Brin. Pour l'instant, il devait se concentrer sur ce dernier obstacle à ses plans.

— Devez-vous aller quelque part demain ? demanda-t-il.

— Non, je veux dire… oui ! Oui, je dois retourner au Cap ! répondit Brin, fuyant son regard.

Ses joues prirent une jolie teinte rose. Elle mentait vraiment très mal.

— Vous avez du travail ? Un rendez-vous chez le médecin ? Un déjeuner ? Une réunion ?

Il plissa les yeux, pris d'une angoisse soudaine : et si elle voyait quelqu'un ?

— Euh… oui, j'ai un rendez-vous chez le médecin…

Radd tapota de l'index le pommeau du levier de vitesse.

— Vous ne pouvez pas le décaler et partir avec moi vendredi ?

— Je dois retourner au Cap, Radd. Vous m'aviez promis que je serais de retour aujourd'hui. Je peux peut-être louer un jet ou un autre avion plus petit ?

Bon sang, elle n'avait vraiment pas envie de rester ! songea Radd, tandis qu'une étrange douleur lui serrait la poitrine. Se sentait-il blessé ? Et si c'était le cas, qu'est-ce qui n'allait pas chez lui ?

— Bien sûr, mais cela coûte cher.

Il lança un chiffre astronomique.

— Vous avez une telle somme d'argent ?

Brin secoua la tête.

— Je pourrais louer une voiture, alors ?

Radd la regarda et dit d'un air passablement agacé :

— Brinley, quel est le problème ? Vous n'avez manifestement aucun engagement au Cap. Vous êtes dans une villa luxueuse située dans une des plus belles réserves de safari au monde. Nous avons des chefs de renommée internationale, une belle carte des vins et un spa. Considérez ces quelques jours supplémentaires comme des vacances, un bonus pour vous remercier de votre excellent travail.

Brin repoussa ses boucles folles, les yeux brillants de plaisir.

— Vous aimez vraiment les fleurs, n'est-ce pas ? Et mes compositions ?

— Je vous ai déjà dit que je les aimais, n'est-ce pas ? dit Radd, surpris par son manque de confiance en elle.

Pourquoi ne voyait-elle pas à quel point elle était douée et avait-elle constamment besoin d'être rassurée ? Cette femme était décidément difficile à cerner. Et si elle restait, il aurait quelques jours de plus pour tenter de mieux faire connaissance… et plus d'occasions de la mettre dans son lit. Parce qu'en fait, c'est ce qu'il voulait le plus au monde. Il voulait explorer son corps long et mince, ses courbes généreuses, sentir ses seins lourds dans sa main, happer son mamelon dans sa bouche… Alors qu'ils étaient tous les deux bloqués à Kagiso, ils pourraient s'autoriser une liaison sans engagement, sans promesse. Sans drame, mais avec beaucoup de plaisir…

Soudain, sa voix le ramena à l'instant présent.

— Parlez-moi de vos invités…

Il ne s'attendait pas à cette question, mais il s'empressa d'y répondre.

— Naledi Radebe, évidemment, et ses parents, Vincent et June Radebe.

Il se creusa la tête pour tenter de se rappeler qui d'autre participerait à ces festivités prénuptiales. Il mentionna quelques noms, mais Brin ne réagit pas.

— Et qui est le marié ? voulut savoir Brin.

— Apparemment, il est sur un tournage et le film ne se termine que mercredi soir. Lui et le garçon d'honneur arriveront par avion jeudi soir, ce qui contrarie la mariée.

— Et vous souhaitez que je passe beaucoup de temps avec eux ?

— Non, pas du tout, répondit-il. Je n'aurai moi-même pas beaucoup affaire à eux. C'est un événement familial avant tout.

Radd regarda sa montre et demanda avec une légère impatience :

— Alors, vous restez ou vous partez, Brinley ?

Brin leva les yeux, visiblement plongée dans ses pensées.

— Je vais rester, si je peux rester dans l'ombre. Je ne souhaite pas que vous disiez à la mariée, ou à ses invités, que c'est moi qui ai réalisé les compositions florales.

Dites-leur que vous avez engagé une designer du Cap et qu'elle est déjà partie.

Radd la regarda sans comprendre.

— Mais… pourquoi ?

Les bouquets étaient magnifiques, alors pourquoi ne voulait-elle pas s'en attribuer le mérite ?

— Écoutez, les Radebe ne sont peut-être pas ma tasse de thé, mais ils sont influents et s'ils apprécient votre travail, ils pourraient faire appel à vous à l'avenir.

Brin insista.

— S'il vous plaît, Radd, je n'y tiens pas.

Après tout, songea Radd, cela n'était pas son problème. Brin ne serait bientôt plus pour lui qu'un joli souvenir. Si jamais il se souvenait d'elle. En attendant, il voulait bien passer les prochains jours avec elle, mais pas plus. En effet, ses relations ne duraient jamais très longtemps. Il était le produit d'une union dysfonctionnelle et bizarrement, malgré leurs infidélités, ses parents étaient follement jaloux. Il se souvenait de bagarres violentes, de bris de vaisselle, des cris de sa mère et des sarcasmes de son père. Il n'avait aucune idée de ce à quoi ressemblait un bon mariage, et il était si terrifié à l'idée de perdre le contrôle de ses nerfs, mais aussi sa dignité, qu'il évitait toute personne qui lui plaisait un peu trop. S'il tentait sa chance et que cela se retournait contre lui ? Et si sa partenaire se confiait aux journalistes après une dispute, par exemple ?

La seule façon de s'éviter des ennuis était de ne jamais s'engager.

Mais tout cela n'avait rien à voir avec les fleurs de Brin, se dit-il. Et si elle voulait rester dans l'ombre, c'était son choix.

— Bien, dit Radd. D'accord, nous ferons en sorte que vos souhaits soient respectés.

Brin prit une grande inspiration

— Pourrions-nous rentrer ? Je suis vraiment fatiguée et j'aimerais faire une sieste.

Tandis que ces mots faisaient naître toutes sortes d'images inconvenantes dans son esprit, Radd l'entendit ajouter, malicieuse :

— Et puisque je suis maintenant votre invitée, je voudrais bien goûter cette fameuse omelette aux truffes !

6.

Plus tard, ce soir-là, Brin passa de la salle à manger du pavillon principal à la grande terrasse, où elle s'installa sur un transat à deux places. La tête penchée en arrière, elle admirait la voie lactée quand elle entendit un bruit de pas. Radd s'approchait, une bouteille de vin et deux verres à la main.

— Je ne me lasse pas de ce ciel, soupira-t-elle.

— C'est assez magique, en effet, convint-il en leur versant un verre.

Il avait enfilé un léger sweat-shirt à capuche car l'air fraîchissait, mais portait toujours le short cargo qu'il avait enfilé après leur safari, plus tôt ce matin-là.

— Vous me faites une petite place ? demanda-t-il en s'asseyant près d'elle.

Il lui tendit un verre de vin rouge qu'elle posa sur le sol à côté d'elle, tandis qu'elle se décalait légèrement.

Son bras derrière sa tête, il laissa échapper un soupir et Brin eut presque l'impression de sentir la tension quitter son corps. Radd s'était détendu au fil de la journée, avait-elle remarqué. Kagiso était bon pour lui, excellent, même.

— J'avais oublié à quel point j'aimais cet endroit, surtout quand il n'y a personne, dit Radd, faisant écho à ses pensées. – Oui, mais vous n'êtes pas seul, je suis là, lui fit remarquer Brin.

— Vous êtes d'une compagnie très reposante, Brinley Riddell, ajouta Radd avec un sourire qui la troubla. Vous ne ressentez pas le besoin de combler les silences par des bavardages, vous appréciez la tranquillité. C'est plutôt inhabituel. Pourquoi ça ?

Brin but une gorgée de vin.

— Probablement parce que j'ai une sœur qui veut toujours tout régenter et une mère qui l'encourage, expliqua-t-elle.

— Et votre père ?

— Mon beau-père, corrigea Brin. Il est gentil mais très discret. Il fait partie de ma vie depuis que j'ai trois ans, mais nous n'avons jamais vraiment créé de liens.

Brin sentit son regard sur son visage mais ne se retourna pas, suivant des yeux un satellite dans le ciel.

— Pourquoi pas ?

— Parce que ma mère est tombée enceinte de ma sœur et qu'à partir de ce moment-là, tout a tourné autour d'elle, expliqua Brin. Je n'ai jamais eu le moindre doute sur qui était leur enfant préférée.

— Si ça peut vous rassurer, mes parents n'avaient pas de préféré, lâcha-t-il avec un sourire triste. Mes frères et moi leur étions totalement indifférents…

Intriguée, Brin roula sur le côté, et posa la tête dans sa main.

— Pourquoi pensez-vous qu'ils avaient des enfants s'ils étaient si peu intéressés par le rôle de parents ?

Un sourire cynique étira la bouche de Radd.

— C'est peut-être parce que mon arrière-grand-père avait créé dans les années 1950 un fonds en fidéicommis dans le cadre d'un programme d'investissement, à l'époque où les Tempest-Vanes roulaient sur l'or…

— Pourquoi, ce n'est plus le cas actuellement ? demanda Brin avec ironie.

Le rire de Radd fit courir un frisson dans tout son corps.

— Je parle de la fortune familiale, pas de ce que Dig et moi avons gagné depuis que mes parents ont tout perdu.

Il leva son verre de vin, en prit une gorgée et le reposa au sol.

— De toute façon, mon père étant le seul descendant des Tempest-Vane – l'autre fils de l'arrière-grand-père est mort à l'adolescence et sa fille ne s'est pas mariée et n'a pas eu d'enfants – c'était à lui de reconstituer l'arbre généalogique. Mon arrière-grand-père a promis à mon père deux millions pour chaque enfant mâle qu'il produirait.

Brin éclata de rire.

— Et vous avez eu la bonne grâce de naître garçon !

— La seule et unique chose que nous ayons réussie, de l'avis de nos parents, dit-il avec un cynisme qui attrista Brin.

Instinctivement, elle posa la main sur sa poitrine, près de son cœur.

— Sur une échelle de 1 à 10… c'était comment, votre enfance ? demanda-t-elle.

La main de Radd enserra la sienne.

— Honnêtement, je dirais 5. Je veux dire, nous n'étions pas battus ou négligés, nous ne manquions de rien. Nous fréquentions un internat chic où nous étions heureux. Nous avons passé beaucoup de temps ici, à Kagiso. Tant qu'on était ensemble, tout allait bien. Jack avait cinq ans de plus, et nous protégeait. Et puis il est mort…

— Comment ?

— Anévrisme cérébral, répondit Radd. Ça a été un choc.

Brin vit la dévastation dans ses yeux.

— J'imagine, oui. C'est à cette même époque que vous avez divorcé de vos parents.

— Divorcé… Oui, la formule est bien trouvée, acquiesça Radd.

— Avez-vous vendu leurs collections d'art et de voitures ?

Radd hocha la tête.

— Tout ce qu'ils possédaient, y compris leur maison et leur argent, a été placé dans un trust. Aucun de nous n'est administrateur ou bénéficiaire.

Brin fronça les sourcils.

— Qui l'est ?

— C'est la question. Nous l'ignorons, nous ne pouvons pas le découvrir et franchement, nous nous en moquons un peu. Elle pencha la tête.

— Pourquoi ai-je l'impression que vous en savez plus que vous ne le dites ?

Radd hésita avant de répondre.

— Je n'ai aucune preuve, mais je soupçonne que la personne qu'il voulait nous faire rencontrer et le bénéficiaire de ce trust sont une seule et même personne…

— C'est possible, mais comment en avoir la preuve ? s'interrogea Brin.

— Chaque semaine, les frasques de nos parents faisaient la une des journaux, et le jour de l'enterrement de Jack, nous avons découvert que Gil et Zia avaient conclu un pacte avec les tabloïds, et qu'ils étaient eux-mêmes à l'origine de la plupart des révélations. Ils aimaient être au centre de l'attention. Alors, quand mes parents ont vendu les photos des funérailles de Jack à un magazine people, Digby et moi sommes devenus fous. Je n'arrivais pas à croire qu'ils aient pu profiter de la mort de leur fils aîné… Après ça, nous n'avons plus eu aucun contact avec eux, conclut Radd avec un petit haussement d'épaules.

Émue aux larmes, Brin enfouit son visage dans le creux de son épaule. Elle sentit Radd s'éloigner d'elle et, lorsque sa main se posa sur sa joue, elle ouvrit les yeux et vit son visage à quelques centimètres du sien. Son souffle caressa sa joue.

— Tu vas bien ? murmura-t-il.

Ce passage au tutoiement lui procura une étrange satisfaction, et elle l'imita.

— Oui, mais ce que tu me racontes est révoltant. Comment ont-ils osé faire une chose pareille ?

— Tout cela s'est passé il y a longtemps, tu sais, et nos blessures sont refermées, désormais…

Quand il lui sourit et que ses yeux se rivèrent aux siens, elle y vit briller un désir ardent.

— Tu es si belle, souffla-t-il.

Brin savait qu'il allait l'embrasser et qu'elle allait le laisser faire. Comment pourrait-elle résister ? Et surtout, pourquoi ? Un homme sexy la tenait dans ses bras, la nuit était magnifique et ils étaient seuls…

Un discret toussotement les interrompit.

— Excusez-moi… Radd, je peux te parler ?

Brin se retourna et découvrit Mari, un peu plus loin sur la terrasse. Elle avait l'air passablement stressé. Radd se leva du transat, puis la rejoignit et échangea quelques mots avec elle.

— Apparemment, nos invités arriveront dès le petit déjeuner, et non en milieu d'après-midi, expliqua-t-il lorsqu'il revint près d'elle. Mais ce n'est pas ça qui pose problème…

— De quoi s'agit-il, alors ? voulut savoir Brin.

— Ils ont un invité supplémentaire, ce qui signifie

que nous devons libérer une chambre car nous sommes à court de lits.

Qu'essayait-il de lui dire ? Qu'elle devait quitter sa suite et rentrer au Cap, comme elle l'avait initialement prévu ? S'agissait-il d'un prétexte pour l'éloigner de lui – définitivement ? Non, ça n'avait aucun sens…

Elle vit Radd hésiter, puis proposer :

— Je crains qu'il te faille déménager, mais… tu peux t'installer dans ma suite, si tu veux.

Elle secoua la tête.

— Et toi, où dormiras-tu ? demanda-t-elle aussitôt.

Le sourire de Radd s'élargit et il lui jeta un regard lascif.

— Avec toi, évidemment…

À la fois embarrassée et flattée, Brin secoua la tête.

— Je ne suis pas sûre que ce soit une bonne idée, Radd… dit-elle d'une voix pas très assurée.

Radd hocha la tête et demanda, un rien provocateur :

— Pourquoi ? Que crois-tu donc qu'il va se passer si tu t'installes dans ma suite ?

— Eh bien… nous sommes tous les deux célibataires, sans attaches et attirés l'un par l'autre, répondit Brin, mal à l'aise. Je doute que nous passions notre temps à jouer aux petits chevaux…

Il eut un sourire entendu.

— Et… tu aimerais faire autre chose avec moi que de jouer aux petits chevaux ?

Comment pouvait-il se montrer si détendu, comme s'ils parlaient de la météo ?

— Je ne répondrai pas à cette question !

— Ça veut dire oui, alors.

— Mais pas du tout ! protesta Brin.

— Alors ça veut dire non ?

Brin fuit son regard. Elle aurait aimé mentir mais s'en

sentait incapable. Dans des moments comme celui-ci, elle aurait aimé être plus comme Kerry, calme, détachée.

Soudain, Radd redevint sérieux.

— Tu as l'air très contrariée par tout ça.

À vrai dire, oui, car elle avait l'impression d'être tombée dans un véritable traquenard – et que Radd s'en réjouissait.

Celui-ci posa la main sur son genou.

— Regarde-moi, Brinley…

Il attendit qu'elle croise son regard avant de reprendre la parole.

— Je ne veux pas que tu quittes Kagiso, pas encore. Et, oui, nous avons besoin de ta chambre et la solution est que tu emménages avec moi. C'est tout ce que je te demande, tu comprends ?

— Mais…

Il la fit taire d'un geste.

— Est-ce que j'ai envie de toi ? Bien sûr que oui. Est-ce que je suis du genre à profiter de la situation si tu t'installes dans ma suite ? Bien sûr que non ! résuma-t-il en lui soulevant doucement le menton pour la forcer à le regarder. C'est toi qui as le contrôle ici. Bien sûr que j'aimerais t'avoir dans mon lit ! Tu es une femme magnifique et te faire l'amour serait un privilège. Mais si tu n'es pas intéressée ou si tu n'es pas prête, je comprends, et je dormirai soit sur le canapé, soit dans le hamac de la véranda.

Elle le regarda d'un air éberlué.

— Tu ferais ça ?

Radd était visiblement contrarié qu'elle mette sa parole en doute.

— Je suis dur et exigeant, mais je n'ai pas pour habitude de m'imposer aux femmes qui ne veulent pas de moi.

Radd se passa les doigts dans les cheveux, avant de poursuivre.

— Si tu ne te sens pas à l'aise, si tu ne me fais pas suffisamment confiance, alors je louerai un avion pour te ramener chez toi avant la tombée de la nuit.

S'il avait tenté de la persuader, s'il avait balayé ses inquiétudes d'un revers de main, alors Brin aurait accepté son offre, mais parce qu'il ne faisait ni l'un ni l'autre et qu'elle croyait en son intégrité, elle baissa les yeux et dit :

— Tu dois me trouver désespérément vieux jeu…

Radd prit un moment pour lui répondre.

— Je te trouve très rafraîchissante, pas comme les autres, et cela me plaît ! Je n'invite pas souvent les gens à partager mon espace personnel, Brinley, pas plus que je ne leur parle de mon passé. Mais j'aime être avec toi, et si je ne peux avoir que ta compagnie, je suis preneur.

Disait-il cela juste pour arriver à ses fins ? Brin le regarda au fond des yeux, et l'honnêteté qu'elle y vit la rassura. Elle le croyait et, plus que cela, elle lui faisait confiance pour tenir sa parole, pour ne pas la bousculer, pour respecter ses limites.

— Tu vas dormir sur le canapé ou dans le hamac ?

— On verra…

Radd se leva brusquement et lui tendit la main pour l'aider à faire de même.

— Je vais demander au chef de nous servir dans ma suite, et faire apporter tes bagages. Nous pourrons dîner sur la terrasse, elle donne sur un charmant point d'eau…

7.

Assise sur la terrasse de la villa de Radd, ses pieds nus posés sur la balustrade et une tasse de café à la main, Brin se retourna au son de la porte qui s'ouvrait. Son cœur s'accéléra, comme il le faisait toujours lorsqu'elle se trouvait dans la même pièce que Radd, et elle se retourna pour le regarder entrer dans la villa.

Aujourd'hui, il était vêtu du même polo vert bouteille que les rangers, d'un short kaki et de bottes, et il avait l'air aussi indomptable que le paysage qui les entourait.

— Bonjour.

— Bonjour, comment s'est passé ton safari ? Tu as vu quelque chose d'intéressant ?

Radd s'assit en face d'elle et prit un croissant.

— La balade dans le parc était superbe, tu aurais dû venir avec nous.

— Il n'y avait pas de place, lui rappela Brin.

Elle ne pouvait pas se plaindre cependant, car Radd l'avait déjà emmenée voir les animaux, laissant ses pisteurs s'occuper des invités.

— J'aime bien quand nous y allons seuls, avoua Brin.

— Moi aussi, répondit doucement Radd.

Brin tourna la tête pour le regarder et son souffle se bloqua dans sa gorge quand elle vit le désir briller dans ses yeux. Ses cheveux étaient ébouriffés et avec sa barbe de trois jours il était sexy en diable. Brin ne put s'empêcher de s'humecter les lèvres, rêvant de sa bouche sur la sienne, de sa langue dans sa bouche, de ses mains sur son corps…

Oh ! mon Dieu, elle le voulait, ici, tout de suite ! Et, à en juger par son poing serré posé sur la table, il la voulait aussi.

Brin détacha ses yeux de lui, cherchant quelque chose à dire pour rompre la tension.

— As-tu vu quelque chose d'intéressant ? demanda-t-elle.

Radd prit une bouchée de croissant avant de répondre :

— Un léopard, un pangolin, un troupeau d'éléphants.

— Joli. Je n'ai jamais vu de pangolin.

— Ils sont plutôt rares, dit Radd et ils sont très menacés. J'ai essayé d'expliquer cela à la mariée et à ses amies, mais elles n'étaient pas très intéressées. Elles ont passé la plupart du trajet à parler de l'enterrement de vie de jeune fille qu'elles ont organisé à Ibiza.

Brin secoua la tête.

— L'une d'elles a même eu la brillante idée de faire une photo de groupe au bord d'un petit barrage. Il m'a fallu dix minutes pour leur expliquer que cet endroit abritait un crocodile de trois mètres surnommé Big Daddy.

Brin éclata de rire.

— Et c'est vrai ?

— Non, mais il y a un groupe d'hippopotames dans les environs qui n'aime pas être dérangé.

— Et les hippopotames sont vraiment dangereux ! lança Brin. Ils tuent beaucoup de gens en Afrique.

Radd lui lança un regard admiratif.

— Je vois que tu t'es documentée avant de venir !

— Je trouve cet endroit fascinant. Ce serait merveilleux d'en profiter sans…

Brin se tut, ne voulant pas se montrer désagréable envers les invités de Radd. Mais celui-ci termina sa phrase pour elle.

— Pas du tout. Je suis sûr qu'ils sont très sympathiques quand… on apprend à les connaître, répondit diplomatiquement Brin.

Radd ne put s'empêcher de rire.

— Chérie, tes yeux trahissent ta pensée, tu sais. Et, même si je ne savais pas lire en toi, le fait que tu évites totalement les festivités du mariage serait un indice suffisant, tu ne crois pas ? Est-ce parce qu'ils sont riches que tu ne les aimes pas ?

— Je ne suis pas stupide à ce point ! répliqua Brin, contrariée qu'il devine si bien ses pensées.

— En effet, approuva-t-il. C'est pourquoi je suis curieux de savoir comment tu as pu te faire si rapidement une opinion sur Naledi et ses amis. En fait, avant même qu'ils n'arrivent…

Quand elle entendit frapper à la porte, Brin remercia silencieusement le ciel pour cette diversion. Les questions de Radd la mettaient dans l'embarras. Celui-ci alla ouvrir et Brin poussa un soupir de soulagement en le voyant revenir avec un plateau qu'il posa sur la table, entre eux. Mais, au lieu de reprendre sa place, Radd retira son polo, révélant sa large poitrine, son ventre plat et ses hanches étroites. Il se tenait dos à elle, le regard rivé au-delà du point d'eau, vers la savane.

Brin, elle, ne pouvait détacher les yeux de ses cheveux noirs, où jouait la lumière du soleil matinal. Elle avait envie de caresser sa peau hâlée pour vérifier si ses fesses étaient vraiment aussi fermes qu'elles en avaient l'air. Elle voulait profiter avec lui de cette étonnante douche extérieure, plonger nue dans cette magnifique piscine… avec lui.

Comme s'il l'avait entendue penser, Radd se retourna et planta ses yeux dans les siens. Folle de désir, elle sentit ses tétons durcir sous son T-shirt. Elle vit qu'il cherchait son souffle, soudain, pris de la même urgence qu'elle. Mais Radd ne bougea pas. Sans détacher d'elle son regard brûlant, il dit : – Sache que si je t'embrasse, il n'y aura pas de retour en arrière possible, Brinley, murmura-t-il avec peine.

Brin hocha la tête.

— Dis-le, Brinley. Dis-moi que tu as envie de moi…

Brinley rassembla son courage et se jeta à l'eau.

— J'ai envie de toi, Radd…

Le rouge inondait son visage, mais elle ne détourna pas le regard. Elle était adulte, sans attaches, et lui aussi. Ils avaient le droit de faire ce qu'ils voulaient. Radd prit son visage dans ses mains.

— Tu es magnifique…

— Embrasse-moi, Radd.

Il se pencha vers elle. Son baiser tant attendu était à la fois doux et passionné. Glissant doucement sa langue entre ses lèvres, il l'attira à lui, et elle sentit son érection contre sa hanche tandis qu'il posait une main sur ses fesses. Elle gémit quand il lui caressa les seins, et crut défaillir quand il happa un téton à travers le tissu de son T-shirt…

Il fallut quelques instants à Brin pour se rendre compte que ce n'était pas son cœur qui tambourinait dans sa poitrine, mais qu'on frappait bel et bien à la porte.

Radd laissa échapper un juron.

— Radd !

Brin reconnut la voix de Naledi. Elle n'avait pas l'air contente. À la fois irrité et frustré, Radd lança :

— Mais qu'est-ce qu'il se passe, enfin ?

Un autre coup, plus fort celui-ci, leur indiqua qu'elle n'allait pas abandonner.

— Je vais me débarrasser d'elle ! gronda Radd, et ensuite, je virerai le membre du personnel qui l'a escortée jusqu'ici !

Brin s'éloigna de lui à contrecœur. Le charme de l'instant était rompu, désormais.

Radd se radoucit et se pencha pour effleurer ses lèvres.

— Ne bats pas en retraite, Brin. Laisse-moi m'occuper de ça et je reviens, d'accord ?

Radd attendit qu'elle acquiesce, ses yeux d'un bleu presque noir brillant de désir contrarié. Puis, comme un nouveau coup retentissait à la porte, il cria :

— Un instant, j'arrive !

En le voyant enfiler sa chemise, furieux, Brin songea qu'elle n'aurait pas aimé être de l'autre côté de la porte et essuyer sa colère. Elle entendit la porte s'ouvrir à la volée et, bien qu'elle ne puisse pas les voir, elle entendit l'échange entre Radd et Naledi.

— Comment puis-je vous aider ?

— Il me faut une chambre supplémentaire ! ordonna Naledi. Mes demoiselles d'honneur qui partagent la villa Serengeti se sont disputées et ont besoin d'être séparées. Je crois savoir que vous avez une autre villa disponible, n'est-ce pas ?

Il y eut un bref silence, puis Radd répondit.

— Mari, je suppose que vous avez expliqué à Mlle Radebe que ce ne serait pas possible ?

— En effet, monsieur.

Brin ne put s'empêcher de sourire devant le ton formel

employé par Mari, qui tutoyait Radd en privé, et sa réponse pour le moins brève. Elle avait beaucoup de mérite de garder son calme.

Naledi répliqua d'un air hautain :

— Le travail de votre gouvernante consiste à satisfaire à toutes nos exigences et je ne comprends pas pourquoi elle ne fait rien. Elle n'est pas très compétente, et je vous suggère de la renvoyer !

Brin écarquilla les yeux. Quel culot ! Heureusement, il n'y avait aucune chance que Radd accepte ce genre de propos. Non seulement Mari était exceptionnelle dans son travail, mais elle et Radd étaient amis depuis l'enfance. Il ne tarderait pas à prendre sa défense.

— La nourriture est médiocre, le service de second ordre et je ne suis vraiment pas satisfaite des fleurs, ajouta Naledi.

Quoi ? Radd lui avait pourtant affirmé qu'elle avait apprécié les fleurs !

— Je crains qu'il ne soit pas possible d'emménager dans la villa dont vous parlez, Naledi, dit Radd car c'est une propriété privée qui ne fait pas partie du lodge.

— Eh bien, appelez le propriétaire et demandez-lui la permission ! rétorqua Naledi.

Brin était sur le point de sortir de ses gonds. Cette pimbêche lui rappelait Kerry. Pourquoi ces influenceuses se comportaient-elles avec aussi peu de respect ?

Heureusement, Radd allait réagir !

Il n'en fit rien, hélas, pas plus d'ailleurs que Mari, et Brin décida qu'elle en avait assez entendu. Elle s'engagea dans le couloir étroit et observa la scène qui se déroulait devant elle : Radd était immobile, le visage dur, et Mari avait les larmes aux yeux. Naledi, vêtue d'un short moulant et d'un petit haut, semblait beaucoup s'amuser.

— Bonjour, Naledi…

Tandis que celle-ci la dévisageait d'un regard dédaigneux, Radd intervint.

— Brinley, reste en dehors de ça !

Elle l'ignora, et poursuivit.

— Mari et son équipe sont dévoués et très talentueux, et vous le savez. Ils méritent des excuses et, mieux encore, d'être traités comme des êtres humains et non comme vos esclaves personnels !

Elle prit une profonde inspiration, avant de jeter :

— Mon Dieu, si vos followers vous voyaient ! Vous vous comportez comme une enfant gâtée qui croit que tout lui est dû. Le monde ne tourne pas autour de vous, vous savez !

Brin croisa le regard de Mari qui leva le menton d'un mouvement rapide que ni Radd ni Naledi ne perçurent. Mais Brin comprit son message silencieux : *Merci pour le soutien, mais ça suffit. Maintenant, battons en retraite.*

Enfin, Radd prit la parole.

— Calmons-nous, d'accord ? Mari, raccompagnez Mlle Radebe dans sa chambre. Pouvez-vous lui faire monter une bouteille de champagne, notre meilleure cuvée, et demander au personnel de préparer du jus d'orange pressé ? Et peut-être aussi quelques croissants ? Je vous rejoins dans quelques minutes.

— Bien sûr, répondit Mari avant de s'éclipser.

Dès qu'ils furent de nouveau seuls, Radd se tourna vers elle et posa les mains sur ses épaules. Il était furieux.

— Comment oses-tu t'immiscer dans une affaire qui ne te concerne pas ? C'est mon entreprise, mes invités, mon personnel, alors laisse-moi gérer !

Il secoua la tête tandis qu'elle s'éloignait en direction de la terrasse. Il était frustré, mais ne parvenait pas tout à fait à en vouloir à Brin. Elle ignorait qu'il était pris entre ce qui était juste – oui, il aurait dû défendre son personnel – et ce qui était nécessaire, c'est-à-dire satisfaire les Radebe jusqu'à ce que l'accord de vente de la mine soit finalisé. La mine et la campagne de publicité destinée à redorer le blason de son entreprise en valaient-elles la peine ? Dans quelques mois, ce serait le deuxième anniversaire de la mort de ses parents. Oui, bien sûr, certains hommes d'affaires de haut rang en voulaient encore à son père pour des contrats qui avaient mal tourné, de l'argent qui a été perdu. Mais cela datait de plus de vingt ans... Cela avait-il encore une incidence sur lui et Digby ? Est-ce que l'achat de la mine, l'organisation de cette fête et de la cérémonie de mariage valaient tout le stress qu'il devait endurer ? Pour la première fois de sa vie, Radd n'était pas sûr que ce soit le cas. Il se frotta le visage, épuisé.

Comme si tout cela ne suffisait pas, Brin le prenait probablement pour un lâche ! Elle n'avait aucune idée des efforts surhumains qu'il avait dû fournir pour ne pas dire à cette enfant gâtée ce qu'il pensait d'elle et de ses demandes extravagantes. C'est pourquoi il était resté silencieux, soucieux de garder son calme. Brin, elle, ne s'était pas retenue et, bien qu'il eût préféré qu'elle ne se lance pas dans la bataille, il ne pouvait s'empêcher de l'admirer pour cela. Il commençait à croire qu'elle ferait une bonne alliée, pour lui. Mais il savait qu'il avait perdu cette chance... Mon Dieu, quel gâchis !

L'esprit en déroute, il se dirigea vers les portes vitrées menant à sa terrasse et aperçut Brin, dans la piscine à débordement. Debout dans l'eau claire, son dos mince tourné vers lui, elle regardait le point d'eau, en contrebas, où s'abreuvait un couple de buffles. Il repéra le reste du troupeau. Au loin, une girafe et son petit arpentaient la savane. Ne sachant comment rompre la tension entre eux – il savait qu'elle avait remarqué sa présence – il leva les yeux vers le ciel d'un bleu parfait, si pur qu'on l'aurait cru issu de la palette d'un peintre.

Enfin, il trouva le courage de briser le silence.

— Parlons de ce qu'il vient de se passer, Brinley. D'accord ?

Comme elle ne bougeait pas, il ôta ses tongs et sa chemise et entra dans la piscine. L'eau était délicieusement chaude et il nagea jusqu'à elle, qui recula d'instinct. Revenir dans ses bonnes grâces ne serait pas facile.

Il laissa échapper un soupir las. Elle venait d'entrer dans sa vie et elle en sortirait bientôt, alors pourquoi se souciait-il tant de ce qu'elle pensait de lui ?

Il connaissait la réponse, bien sûr. Brin n'était pas comme les autres femmes qu'il avait connues jusqu'alors. Elle avait fait preuve d'un courage remarquable, face à l'injustice et à l'arrogance de Naledi. Elle affichait aussi un mépris total pour quiconque utilisait sa position et son pouvoir pour intimider autrui, et cela lui plaisait. Oui, il aimait bien Brin, plus qu'il n'avait aimé quiconque depuis longtemps. Et c'était une très mauvaise nouvelle. Elle avait le pouvoir de le faire changer, or il ne voulait pas changer, il aimait sa vie telle qu'elle était.

— J'ai fait monter un déjeuner mais on m'a dit que tu n'avais pas mangé non plus, commença-t-il.

— Je suis désolée, mais je n'avais pas faim.

Brin attrapa ses lunettes de soleil posées au bord du bassin et lui dissimula ses beaux yeux. En lui refusant tout contact visuel, elle lui signifiait qu'elle n'avait pas envie d'échanger avec lui. Comment aller de l'avant, dans ce cas ?

C'est alors qu'à sa grande surprise, elle arracha ses lunettes d'un geste brusque et planta ses yeux dans les siens. Des yeux où se reflétaient à la fois la colère et la honte.

— Tu as raison, finissons-en, dit-elle. Je suis vraiment désolée d'être intervenue, tout à l'heure. Cela ne me regardait pas et je n'aurais pas dû m'en mêler. Je suis désolée de t'avoir mis dans une position inconfortable.

Brin marqua une pause, prit une profonde inspiration, puis reprit :

— Je n'ai pas aimé du tout la façon dont Naledi a parlé à Mari et cela m'a contrariée que tu n'aies pas défendu ta gouvernante. Mais encore une fois tu as raison, ça n'est pas mon affaire.

Radd avait l'impression qu'elle était encore profondément bouleversée. Pourquoi ? Et comment interpréter sa réaction ? Oui, Mari et elle semblaient s'apprécier, mais elles n'étaient pas les meilleures amies du monde, alors pourquoi voulait-elle tant les défendre, elle et son équipe ? Faisant un effort pour conserver un ton de voix neutre, il demanda des explications. Brin hésita avant de lui lancer :

— Tu fais partie du même milieu que les Radebe, tu fréquentes sans doute aussi les mêmes cercles qu'eux. Tu es aussi puissant qu'eux, et certainement aussi riche. Tu dois protéger et défendre les plus faibles que toi, les personnes qui travaillent pour toi !

Brin se hissa hors de la piscine dans un mouvement fluide, tout en grâce féminine. Elle était encore plus belle quand elle était furieuse, songea Radd en admirant ses longues jambes ruisselantes, ses seins fermes et hauts. Bien malgré lui, son sexe se tendit dans son short de bain, et il vit, mortifié, qu'elle l'avait remarqué.

Brin se dirigea vers une chaise longue, attrapa sa

serviette et l'enroula autour de son corps, cachant ainsi ses courbes délicieuses.

Dans un soupir, Radd sortit à son tour de la piscine et la rejoignit.

— Je ne veux pas prendre ta colère à la légère, ni éluder cette discussion, mais tu es tellement sexy que je ne peux pas penser à autre chose qu'à ce que nous étions en train de faire quand Naledi a frappé à ma porte.

— Ce moment… est passé, maintenant…

— J'ai compris, oui.

Radd croisa les bras sur sa poitrine et chercha les mots pour lui expliquer pourquoi il voulait que les Radebe soient satisfaits de leur séjour et pourquoi il fallait à tout prix éviter d'entrer en conflit avec eux.

— Pour ce qui est de l'incident de ce matin, sache qu'il est dans mon intérêt de ne pas contrarier les Radebe. On peut en rester là ?

— Au risque de perdre le respect de ton personnel, et le mien ? rétorqua Brin.

Ses mots durs et froids lui firent l'effet d'une bourrasque arctique.

— À moins que tu ne penses que nos opinions ne comptent pas autant que les tiennes parce que nous ne sommes pas aussi riches, aussi puissants ou aussi prospères que toi ?

— Je n'ai pas dit ça ! rétorqua Radd, piqué au vif.

— Mais c'est ce que tu voulais dire !

— N'importe quoi !

Brin était rouge de colère, ses yeux brillaient. Radd savait qu'il allait recevoir un autre coup de griffe, mais il préférait de loin Brin en colère à la créature soumise qui s'était excusée plus tôt.

— J'ai travaillé assez longtemps pour des gens comme

toi pour savoir comment ils fonctionnent, Radd ! J'ai subi des reproches pour des erreurs que je n'avais pas commises, des choses sur lesquelles je n'avais aucun contrôle !

Brin enfonça ses doigts dans ses longues boucles humides.

— Mais pourquoi diable suis-je en train de me disputer avec toi à ce sujet ? Les gens comme toi sont irrespectueux, arrogants, et cela ne changera jamais, hélas ! J'en ai assez, Radd. Ramène-moi au Cap !

— Tu t'enfuis, maintenant ? lança-t-il, impuissant.

— Disons que j'ai décidé de renoncer à ta compagnie, répondit Brin en tournant les talons.

Radd la regarda partir et s'arrêter soudainement à quelques pas de Mari, qui se tenait sur le seuil de la porte, l'air mal à l'aise.

— Désolée, j'ai frappé, s'excusa celle-ci.

Si une autre personne arrivait sans être invitée, il risquait d'exploser ! Radd prit une profonde inspiration, puis une autre et s'efforça de garder son calme.

— Qu'est-ce qu'il y a ?

Il se radoucit devant l'air excédé de Mari. Encore une femme qui lui en voulait ? Merveilleux !

— J'ai demandé à Simon d'amener un véhicule et le chef a préparé un panier de nourriture pour ton dîner et ton petit déjeuner.

Mari sourit à Brin, puis ajouta à son attention :

— Merci de nous avoir défendus, tout à l'heure, mais ce n'était pas nécessaire. Nous avons déjà eu des invités plus difficiles encore que les Radebe et nous savons comment les gérer. La plupart du temps, il est préférable de les laisser s'exprimer et de faire ensuite ce qu'on avait l'intention de faire depuis le début. Radd le sait aussi bien que moi.

Brin leva les yeux au ciel, mais elle était impressionnée par le calme de Mari. Celle-ci reporta son attention sur Radd.

— Je pense que toi et Brin avez besoin d'une pause, et qu'il serait judicieux de mettre un peu de distance entre Brin et Naledi pour le moment. Elle exige toujours des excuses de votre part, Brin.

À l'unisson, Radd et Brin s'écrièrent :

— Pas question !

Mari se frotta les tempes et les regarda comme s'ils étaient tous les deux des gamins turbulents.

— Ce n'était pas une suggestion. Je pense que nous pourrions tous faire une pause.

— Et moi je pense que retourner au Cap est une bonne idée, insista Brin.

— Ne nous emballons pas, conseilla Mari avec un sourire, avant d'ajouter à l'attention de Radd : si tu emmenais Brin à La Cabane, Radd ? Partez maintenant, pendant que les Radebe font la sieste ! Votre véhicule est garé près des quartiers du personnel pour vous éviter de croiser les invités du lodge.

Radd acquiesça, convaincu que la suggestion de Mari était bonne. Peut-être que si lui et Brin étaient seuls, vraiment seuls, ils pourraient reprendre le fil de leur conversation. Et, même s'ils ne le faisaient pas, cela donnerait à Naledi le temps de se calmer. Et il y avait un moment qu'il n'avait pas été à la cabane dans les arbres. Mais comment s'y prendre pour obtenir l'accord de Brin ? Il pensa qu'il valait mieux s'en tenir aux faits dans l'espoir d'attiser sa curiosité.

— La Cabane est un endroit charmant et complètement

privé, qui domine les massifs rocheux. Elle est nichée dans une forêt et c'est mon endroit préféré pour regarder le soleil se lever et se coucher.

Brin fronça les sourcils et demanda simplement :

— Combien de lits ?

Il décida de ne pas mentir.

— Un seul. Mais c'est un lit immense et les mêmes règles s'appliquent là-bas qu'ici, tu sais…

— Mmm… Ça n'a pas très bien marché, ce matin.

— Ça aurait bien marché si nous n'avions pas été interrompus, murmura Radd.

À cause de tous ces incidents, il allait avoir du mal à regagner la confiance de Brin, et il n'était pas sûr d'y arriver. Cette pensée le décourageait à l'avance, et le fait de se sentir découragé le décourageait davantage encore. Bref, il perdait les pédales ! Agacé contre lui-même et contre Brin qui ne lui facilitait pas la tâche, il lança d'un air impatient :

— Moi, je vais à La Cabane. Viens si tu veux. Si tu ne veux pas, très bien !

Pendant que Brin réfléchissait, il s'efforça de lui dissimuler son agacement. Elle n'avait pas besoin de savoir à quel point elle le bouleversait, et à quel point il espérait qu'elle dise oui.

— Y a-t-il une douche ?

— Oui, une douche solaire, répondit Radd, tout en jetant à Mari un regard implorant.

Celle-ci comprit aussitôt le message, car elle abonda dans son sens.

— Si le Kagiso Lodge est un établissement cinq étoiles, alors La Cabane est un cran au-dessus, affirma-t-elle. C'est un endroit assez spécial, Brin, et vous ne regretterez pas d'y être allée. Cela vaut la peine de supporter sa compagnie, je vous assure ! ajouta-t-elle en désignant Radd du menton.

À court d'arguments, Brin capitula. Que risquait-elle, après tout ?

— Bon, eh bien dans ce cas, allons-y !

8.

Que diable faisait-elle dans ce véhicule ? Pourquoi n'était-elle pas restée dans la villa de Radd, afin que chacun d'eux dispose d'assez de temps – et de son propre espace – pour se calmer ?

Brinley repoussa ses lunettes de soleil dans ses cheveux et se reprocha son comportement. Certes, elle ne pensait pas avoir eu complètement tort de défendre Mari, mais elle n'aurait pas dû se mêler ainsi des affaires de Radd, qui ne l'avait nullement sollicitée. Quant à Mari, elle était assez intelligente et indépendante pour se défendre toute seule. Elle n'avait pas besoin d'elle. Mais Naledi l'avait poussée à bout, et elle n'avait pas pu se taire. Pourquoi avait-elle sciemment ravivé sa dispute avec Radd après avoir enfin trouvé le courage de s'excuser ?

Épuisée par toutes ces questions, elle se frotta les tempes. Si elle était ici, c'était peut-être parce qu'elle cherchait les ennuis, ou, pire, qu'elle désirait d'une certaine manière expier les fautes qu'elle avait commises avec Radd.

Si la raison lui soufflait ces réponses, son cœur, lui, semblait en désaccord. Car, même si elle était toujours fâchée contre Radd, elle ne voulait pas manquer un seul instant en sa compagnie. Et, alors qu'elle savait pertinemment qu'après-demain, elle disparaîtrait de sa vie, elle avait tout même envie de profiter des moments qui restaient pour faire la paix avec lui. Il était arrogant, agaçant, implacable, mais tellement sexy !

Brin remarqua que Radd ralentissait enfin, après avoir conduit une heure en silence. Il freina et coupa le contact.

— Nous sommes arrivés.

Elle regarda autour d'elle, mais ne vit pas de cabane. Perplexe, Brinley sortit du véhicule garé au pied d'un massif montagneux qui surplombait une vaste plaine. Lançant son sac de voyage sur son épaule, elle suivit Radd qui s'était engagé sur un escalier fait de planches scellées dans la pierre qui grimpait en zigzag sur la colline. Radd transportait un énorme panier de pique-nique et son propre petit sac à dos. Une radio dépassait de la poche arrière de son short et il portait un fusil en bandoulière.

Brin prit un virage, et resta bouche bée devant une passerelle enjambant deux rochers. À sa gauche s'étendait la savane, tel un tapis parsemé de rares arbustes. À sa droite, d'autres rochers, dont certains étaient plantés d'arbres aux racines apparentes, enchevêtrées et moussues. Comme elle s'avançait pour observer de plus près un tronc particulièrement impressionnant, elle leva les yeux et découvrit une structure à la fois simple et sophistiquée. La cabane, suspendue à vingt mètres du sol, était entourée d'une terrasse circulaire en bois protégée par une haute balustrade.

Pour monter, ils empruntèrent une échelle faite d'épais rondins de bois attachés avec des lianes. Une fois en haut, elle découvrit un toit de branchages qui couvrait la moitié de la surface de la cabane et abritait un grand lit habillé de lin blanc, garni d'oreillers et protégé par une grande moustiquaire – un nid à la fois simple et somptueux.

Une petite table était installée d'un côté de la terrasse, avec vue sur la savane. Du côté opposé, de gros coussins dignes de la tente d'un sultan étaient disposés de manière à former un coin détente du plus bel effet. De nombreuses lampes à pétrole anciennes étaient disposées à intervalles réguliers le long de la balustrade, pour éclairer la nuit. C'était très romantique. Il ne manquait plus qu'une bouteille de champagne frappé dans un seau en argent et des pétales de rose rouge sang…

Brin suivit Radd et le regarda poser le panier de pique-nique sur la petite table. Il se débarrassa ensuite de son sac à dos et revint tranquillement s'accouder à la balustrade, ses lunettes de soleil relevées. Comme il scrutait la savane, rêveur, Brin vit la tension de ses épaules et la ligne dure de sa mâchoire s'adoucir. Il aimait chaque parcelle de ce domaine de Kagiso, mais cet endroit occupait manifestement une place à part dans son cœur.

À son tour, Brin déposa son sac sur le grand coffre disposé au bout du lit et, se débarrassant de ses chaussures, alla jeter un coup d'œil derrière le paravent qui formait la tête du lit. De nouveau, elle eut le souffle coupé ; elle s'attendait à un décor rustique, à un aménagement rudimentaire, mais la salle de bains était tout sauf cela. Au lieu d'une douche, une antique baignoire en fonte à griffes de lion trônait au centre de l'espace et deux lavabos, l'un pour elle, l'autre pour lui, surmontaient deux petits meubles en bambou.

Elle ouvrit une petite porte et sourit en découvrant les toilettes joliment décorées de sculptures de bois exotique : l'une de ses plus grandes inquiétudes concernant le fait de dormir dans la brousse était levée. Brin quitta la salle de bains et regagna la terrasse. C'était maintenant la fin de l'après-midi et, avec le soleil couchant, la température avait légèrement baissé. Elle se frotta les bras pour se réchauffer et alla s'asseoir en tailleur sur l'un des énormes coussins afin d'admirer à son aise le paysage grandiose. Au loin, un phacochère dépassa à toute vitesse un élan qui sillonnait tranquillement la savane. La lumière dorée du soleil couchant était magique, et elle n'aurait pas été surprise de voir des fées et des lutins apparaître sur les branches du grand arbre. Cet endroit était un pur enchantement et elle regretta de ne pas pouvoir en profiter pleinement avec Radd.

Elle s'attendait à ce qu'il lui arrache des excuses pour s'être montrée impolie avec Naledi, qu'il lui reproche son comportement, qu'il la fustige à nouveau pour s'être immiscée dans une affaire qui ne la concernait pas et avoir envenimé la situation. Mais les heures avaient passé sans qu'il ne dise rien, et peut-être n'en avait-il pas l'intention. Pourquoi ? Essayait-il d'endormir sa méfiance en se montrant complaisant avec elle ? Quand elle se détendrait, passerait-il à l'attaque ? C'était une des tactiques favorites de Kerry, qu'elle avait apprise dès sa plus tendre enfance.

N'y tenant plus, elle se jeta à l'eau :

— Crevons l'abcès, veux-tu ? Veux-tu bien me dire que j'ai dépassé les bornes tout à l'heure afin que nous puissions passer à autre chose ? demanda-t-elle, au comble de la frustration.

Surpris, Radd fronça les sourcils.

— Non, car tu n'avais pas tort. Au contraire, c'est moi qui avais tort, admit-il tout en inspectant le panier de pique-nique.

Il se redressa, puis croisa tranquillement les bras avant d'affirmer :

— Tu avais raison, tout à l'heure, Brin. Naledi est une enfant gâtée, doublée d'une enquiquineuse professionnelle. Mais hélas, je ne peux pas me permettre de me les mettre à dos, elle ou son père. Mais tu seras sans doute heureuse d'apprendre que je me suis excusé auprès de Mari, et que je lui ai promis, ainsi qu'à l'ensemble du personnel, un énorme bonus lorsque la fête de Radebe sera terminée.

Brin n'en revenait pas. Pour la première fois, son explosion de colère n'avait pas été tournée en dérision, ni suivie de représailles. Radd arborait certes une expression à la fois lasse et agacée, mais elle sentait que cela n'était pas dirigé contre elle.

— Vincent Radebe possède maintenant ce qui a longtemps appartenu à la famille Tempest-Vane : l'une des mines de diamants les plus rentables au monde, déclara Radd en se levant, deux verres en cristal et une bouteille de vin blanc à la main. Au cours des dix dernières années, Digby et moi nous sommes donné pour mission de racheter tous les biens dont notre père a hérité puis s'est débarrassé, notamment The Vane, Kagiso Lodge et d'autres propriétés et entreprises.

— Vous avez dû aussi racheter la maison familiale et le vignoble ? demanda Brin, curieuse.

Radd secoua la tête.

— Heureusement, non. C'était dans un trust séparé, et mes parents ne pouvaient pas vendre ce patrimoine, qui se transmet de génération en génération depuis plus de cent cinquante ans. Enfin, d'héritier mâle en héritier mâle, pour être précis.

Elle grimaça.

— Vos ancêtres n'appréciaient pas beaucoup les filles, n'est-ce pas ?

— Malheureusement, non.

Brin ne s'attendait pas à ce qu'il parle de ses aïeux, et encore moins à ce qu'il s'ouvre ainsi à elle. Mais, soucieuse de ne pas endiguer le flot de paroles, elle enroula ses bras autour de ses genoux pliés et attendit la suite. Comme il gardait le silence, elle leva doucement le doigt.

— Tu parlais de Vincent Radebe, non ?

— Oui. Vincent est un fin négociateur, non dépourvu de ruse. Il a vite compris à quel point nous voulions la mine et nous a poussés dans nos retranchements pour nous la céder au prix fort. Il désirait prendre sa revanche sur mon père, qui l'avait jadis roulé dans la farine lors de la vente d'une affaire. La mine est productive, bien gérée et rentable, et il voulait se venger de Gil à travers nous. Nous avons dû faire des pieds et des mains pour qu'il accepte de nous la vendre.

Radd se laissa tomber sur les coussins, en face d'elle, et désigna le panier à pique-nique.

— Si tu as faim, il y a du houmous et de la salade de poivrons rouges. Nous avons aussi du homard, des crevettes et du pain frais pour le dîner, ainsi que des crèmes au chocolat. Le tout conservé dans un récipient isotherme, bien sûr !

Ça avait l'air délicieux, mais elle avait surtout faim d'échange, et désirait s'expliquer avec lui avant de songer au dîner. Radd goûta une gorgée de vin, puis lui en servit un verre qu'il posa près de son coussin, avant de poser les coudes sur ses genoux pliés. Elle avait du mal à se remémorer l'homme en vêtements de marque qu'elle avait rencontré sur le front de mer de Camps Bay, au volant d'une voiture de luxe, et qui ressemblait en tout point à un milliardaire des temps modernes.

Le Radd qui lui faisait face, vêtu d'une simple chemise en coton et d'un short cargo, avait l'air bien plus retors mais aussi, étrangement, plus humain. Plus accessible.

— Vincent a soumis la vente de la mine à certaines faveurs qu'il savait que je pouvais lui accorder, expliqua-t-il.

Naledi est sa seule fille et elle le mène par le bout du nez. Elle voulait le mariage le plus beau, le plus grandiose, le plus remarquable du pays, qui ne pouvait avoir lieu qu'au Vane. C'est ainsi que je me suis vu contraint d'accepter d'accueillir à Kagiso la fête précédant le mariage, et la cérémonie elle-même au Vane, en témoignage de ma bonne volonté, et ce avant même que Vincent ne commence à négocier la vente de la mine.

Brin hocha la tête. Elle comprenait mieux, maintenant, pourquoi il ne pouvait pas se permettre de froisser quiconque dans cette famille, même si leur comportement était impossible ! Brin prit une gorgée de vin avant de poser son verre sur son genou replié.

— Donc, quand tout sera terminé, la mine t'appartiendra ? demanda-t-elle.

Radd acquiesça, puis baissa les yeux, et Brin se demanda pourquoi il évitait son regard.

— Il y a autre chose que tu ne me dis pas, n'est-ce pas ? Je sais que tu n'es pas obligé de le faire mais… cela ne coûte rien d'être honnête, n'est-ce pas ?

Il hésita et l'espace d'un long, très long moment, Brin crut qu'il allait se renfermer dans sa coquille. Mais, enfin, il prit la parole.

— Quand la vente de la mine sera signée, nous lancerons une campagne de publicité massive afin de relancer notre marque et, j'espère, de réhabiliter le nom de notre famille.

— À cause de vos parents ?

Radd acquiesça.

— Leur réputation est comme une mauvaise odeur qui ne veut pas partir.

Il fixa le fond de son verre avant de poursuivre.

— Dig et moi avons travaillé dur et il y a des domaines

que nous voudrions explorer, des projets que nous voudrions lancer, mais nous ne pouvons pas tout faire seuls. Et certains hommes d'affaires ne veulent pas avoir affaire à nous car ils sont persuadés que nous sommes aussi malhonnêtes que notre père, aussi incontrôlable que nos propres parents.

— Et vous pensez qu'une campagne de publicité pourrait changer ça ? demanda Brin.

— Peut-être pas. Mais ça vaut la peine d'essayer. J'ai également l'intention de donner quelques interviews pour expliquer nos valeurs, souligner notre engagement en faveur de la bonne gouvernance et de l'engagement communautaire. Faire comprendre que nous sommes des négociateurs durs mais justes, qui disent ce qu'ils font et font ce qu'ils disent.

Brin ne pouvait pas imaginer ce qu'avait été la vie avec ses parents, mais il était évident que Radd avait beaucoup souffert de leurs écarts et de leurs manquements. Elle n'était pas sûre qu'une coûteuse campagne de publicité changerait quoi que ce soit, cependant. Elle-même avait supplié sa sœur et sa mère de se comporter différemment, mais rien de ce qu'elle disait ne les faisait jamais changer.

— Parfois les gens sont tout simplement incapables de progresser, Radd. Certains esprits n'évoluent pas et n'évolueront jamais.

— Je le sais, hélas ! Mais je ressens toujours le besoin d'essayer. Je dois le faire pour Jack, pour mon grand-père, pour nos aïeux. C'étaient des hommes bons, courageux, et leur mémoire ne mérite pas cela.

— C'est beaucoup de pression sur tes épaules, fit remarquer Brin.

— Qu'est-ce que tu veux dire ?

Elle lui sourit.

— Je pense que si tu pouvais avoir une conversation avec Jack et avec tous les hommes de ta lignée, ils te diraient que tu réfléchis trop et te conseilleraient de vivre au présent et d'essayer d'être heureux. D'arrêter de te préoccuper de ce que les gens pensent de toi et de commencer à mener ta vie comme tu l'entends.

Radd la regarda comme si elle l'avait giflé, et Brin maudit son franc-parler. Elle tenta de se rattraper.

— Mais en même temps, qu'est-ce que j'en sais ? J'ai fui une sœur autoritaire et une mère impossible à satisfaire. Les familles peuvent être… compliquées.

— Parle-moi de la tienne, demanda Radd. Que font tes parents ? Ta sœur ?

— Ma mère m'a élevée seule, puis elle a rencontré et épousé mon beau-père, qui est comptable. Ensemble, ils ont eu un autre enfant, ma petite sœur. Je n'ai jamais rencontré mon vrai père. Ma mère aide ma sœur à gérer son entreprise de communication.

Pouvait-elle lui dire que sa sœur était la rivale de Naledi, que si sa présence ici était découverte, elle mettrait ses plans en péril. Non, il n'avait pas besoin de savoir ça ! Il lui avait dit qu'il n'aimait pas les secrets, pourtant…

Elle se leva et alla s'appuyer à la balustrade, bientôt rejointe par Radd.

— Quand tu t'es emportée contre moi, tout à l'heure, j'ai eu l'impression que… tu avais déjà été maltraitée. C'est le cas ?

Brin choisit ses mots avec soin. Elle voulait tout lui dire, vraiment, mais elle ne voulait pas susciter sa colère et gâcher la soirée. Elle le ferait, car il le fallait, mais pas maintenant.

— Mon précédent patron était difficile. Et autoritaire. Honnêtement, je suis moi-même surprise d'être intervenue pour défendre Mari. Normalement, je suis plutôt du genre à me taire et à accepter.

— Vraiment ? Qu'est-ce qui est différent, cette fois ?

Avec toi, je me sens en sécurité, comme si tu constituais une barrière solide entre moi et le monde. J'ai l'impression que tu es la seule personne qui me comprenne vraiment. Mais, alors que nous faisons route ensemble, je sais que nos chemins vont bientôt se séparer...

— J'imagine que je me comporte ainsi parce que je sais que je ne ferai jamais vraiment partie de ta vie.

Brin crut voir une lueur de douleur dans les yeux de Radd quand elle prononça ces mots définitifs, mais elle chassa aussitôt cette image de son esprit. Radd n'éprouvait pas assez de sentiments pour elle pour être blessé. Mais une partie d'elle-même voulait le rassurer, lui dire que, bizarrement, elle se sentait à l'aise pour exprimer sa colère et sa déception en sa présence. Elle savait maintenant que Radd n'utiliserait jamais ses sentiments comme une arme, pour l'écarter ou la diminuer. Il pouvait ne pas être d'accord avec elle mais auprès de lui, Brin ne se sentait jamais moins importante.

— Alors, dis-moi, quel est ton grand objectif, la quête de ta vie ? demanda tranquillement Radd en faisant tourner le pied de son verre dans sa grande main.

Brin hésita. Se confier ainsi à Radd, c'était tisser des liens plus étroits avec lui, ce qui rendrait sans doute les adieux plus difficiles.

— Je veux juste avoir un espace de liberté, une place au soleil qui n'appartienne qu'à moi.

— Et tu l'auras une fois que je t'aurai payée ?

Brin hocha la tête.

— Je l'espère, oui. Dans quelques mois, je posséderai

mon magasin de fleurs et dans quelques années, j'envisage d'acheter une maison…

— J'espère que d'ici là, tu auras mis à la casse ce vieux tas de ferraille que tu appelles voiture ! marmonna Radd.

La note de frustration dans sa voix fit sourire Brin. Il était évident qu'il aimait les bolides et que sa vieille Coccinelle lui faisait horreur.

— Je veux juste être autonome et indépendante, Radd, expliqua-t-elle tranquillement. Je ne veux plus jamais avoir à obéir à qui que ce soit. J'ai passé les deux derniers mois à me trouver, et…

Radd la coupa et dit d'un air pensif.

— Je te comprends, même si je n'ai jamais vraiment compris cette expression.

Ses mots la touchèrent au plus profond de l'âme. Il la comprenait, bien qu'il ne sache pas tout de la relation complexe qu'elle entretenait avec sa sœur et sa mère.

Dès qu'elle l'avait rencontré, elle s'était sentie en confiance avec lui, et son instinct ne l'avait pas trompée… Elle n'avait pas hésité à sauter dans un avion avec lui, à s'installer dans sa villa. Si les choses avaient tourné différemment, elle lui aurait même fait l'offrande de son corps. Et elle brûlait de faire, en ce moment même…

Troublée à l'extrême, elle posa la main sur son bras et attendit qu'il lève les yeux vers elle.

— J'apprécie cette marque de confiance, Radd, plus que tu ne le crois. Et j'ai autre chose encore à te dire…

Comme elle hésitait, Radd, dont elle avait piqué la curiosité, insista.

— Quoi ?

— Peut-être que la campagne de publicité que tu envisages avec ton frère est nécessaire, d'un point de vue commercial, lâcha-t-elle en haussant les épaules.

Mais… bien sûr, je ne sais rien de vos affaires, mais je sais que vous n'avez rien à voir avec vos parents et que les gens qui traitent avec vous sont des imbéciles s'ils ne le remarquent pas. Peu importe comment les autres te voient, Radd, ce qui compte, c'est le regard que tu portes sur toi-même. La seule façon d'empêcher tes parents de régenter ta vie est d'arrêter de t'en soucier, d'accepter le fait qu'ils ont fait leurs propres choix et que ces choix n'avaient rien à voir avec toi.

Radd baissa les yeux sur ses mains, et Brin décida de respecter son rythme, sans attendre de réponse de sa part. Elle leva les yeux vers les étoiles et songea que cette nuit se prêtait aux confidences, aux conversations intimes. Elle n'était pas stupide au point de penser que c'était le début de quelque chose de nouveau, mais elle savait qu'elle et Radd s'étaient mutuellement influencés, modifiant leur regard sur eux-mêmes. Et cela était incroyablement puissant.

Après un délicieux dîner et une conversation enjouée, Brin laissa échapper un soupir. C'était presque une soirée parfaite, mais elle voulait plus. Elle voulait une nuit qu'elle se rappellerait toujours avec émotion, un merveilleux souvenir qui la réconforterait lorsqu'elle retournerait au Cap et à une vie sans Radd. Elle avait décidé de se donner à Radd, de lui faire l'amour, et elle voulait que cette parenthèse enchantée s'ouvre ce soir même…

Pourquoi ne pouvait-il pas lire dans ses pensées ? se demanda Brin en admirant le merveilleux profil de Radd, à la lumière romantique des lampes à huile. Ce serait tellement plus simple !

Mais lui voulait qu'elle fasse le premier pas, qu'elle prenne l'initiative, parce qu'alors elle ne pourrait jamais l'accuser de l'avoir poussée dans ses retranchements.

Mais la peur d'être rejetée contre laquelle elle s'était battue toute sa vie l'empêchait de prononcer les mots qu'il attendait. Brin renversa la tête en arrière pour regarder les étoiles, véritables flocons de lumière suspendus dans un ciel noir. C'était si calme, si paisible, ici ! Elle était habituée au bruit des voitures, au ronronnement de son réfrigérateur, aux aboiements des chiens, au vent dans les arbres, devant sa fenêtre…

L'étrange musique du *bushveld*, silence et bruits mêlés, était différente de tout ce qu'elle avait connu jusqu'alors. C'était le son de la terre et de ses créatures qui chassaient, dormaient, rêvaient. Même s'il ne se passait rien entre elle et Radd ce soir, écouter les sons de la nuit africaine était presque suffisant à la combler. Soudain, elle perçut un grondement, un souffle d'air, et vit Radd tendre l'oreille, en alerte.

Elle se pencha en avant et posa sa main sur son genou.

— Tout va bien ? demanda-t-elle.

Un petit sourire passa sur les lèvres de Radd et il leva l'index pour lui faire signe de garder le silence. Brin regarda autour d'elle avec anxiété.

— Chut, détends-toi, souffla-t-il. Écoute.

Radd mêla ses doigts aux siens, et Brin se détendit aussitôt ; il la protégerait, elle était en sécurité avec lui. Lentement, elle posa la tête au creux de son épaule. Un seul geste, et sa bouche rencontrerait la sienne. Le son profond qui grondait sous leurs pieds, comme venu du centre de la terre, la fit frissonner.

— C'est un gros animal, murmura Radd.

— Un lion ?

— Mmm…

Comment pouvait-il avoir l'air si détendu, comme s'il

venait d'entendre le hululement d'un hibou ou le moteur d'une voiture ?

— Et il est à quelle distance ? demanda Brin d'une voix un peu tremblante.

— Un kilomètre, au moins.

Brin perçut une légère ironie dans le ton de Radd quand il ajouta :

— Puis-je te rappeler que nous sommes à vingt mètres au-dessus du sol et que les lions ne peuvent pas sauter aussi haut ?

Il se moquait d'elle, mais son amusement n'était ni désobligeant ni condescendant.

— N'hésite pas à grimper sur mes genoux si tu as peur.

— D'accord.

Soudain, elle le sentit se tendre, entendit son souffle s'accélérer. Elle ignorait combien de secondes s'écoulèrent avant que les doigts de Radd n'emprisonnent son menton, et lève doucement sa tête vers lui… Ses yeux avaient la couleur du ciel, son parfum était aussi boisé et sauvage que la terre africaine.

— Es-tu sûre de…

— Tout à fait sûre, coupa-t-elle.

Et elle l'était. Elle voulait une nuit, une nuit parfaite avec lui. Une nuit sans lendemain, une nuit de plaisir, de caresses et de bonheur partagé, une nuit qui leur appartenait.

Radd se tourna vers elle et Brin sentit ses mains sur sa taille, sur ses hanches, qui la soulevaient comme si elle ne pesait pas plus lourd qu'une plume pour la déposer à califourchon sur ses cuisses. Elle savait qu'il essayait d'être doux, précautionneux, mais ce n'était pas ce qu'elle voulait. Elle aspirait à une étreinte fougueuse, sensuelle, brûlante…

Les bras de Radd se resserrèrent autour de ses fesses, puis il approcha sans un mot sa bouche de la sienne et glissa la langue entre ses dents. Une vague de désir la submergea tout entière, depuis la pointe de ses seins jusqu'au cœur secret de son intimité. Quand il passa la main sous son chemisier pour caresser ses seins, elle gémit de plaisir. Rien d'autre ne comptait que sa bouche, sa main et son corps dur et fort contre le sien. Certes, elle n'avait pas d'expérience, mais elle savait d'instinct ce qu'elle voulait…

Tandis qu'elle faisait courir sa langue sur la peau délicate de son cou, Radd dégrafa son soutien-gorge et défit à la hâte les boutons de son chemisier, exposant ses seins à sa bouche avide. Son souffle se bloqua dans sa gorge quand elle caressa son érection, brûlant de le sentir en elle, enfin…

— Tu es si belle, murmura Radd, ses yeux brillant doucement à la lueur de la lune.

Pour la première fois de sa vie, elle se sentait belle, sensuelle, véritable déesse adorée par son amant… Incapable de parler tant son émotion était forte, elle bondit sur ses pieds et enleva à la hâte son jean et sa culotte tandis que Radd se débarrassait de ses vêtements, aussi pressé de la posséder qu'elle de lui appartenir…

Doucement, il la souleva dans ses bras et la porta jusqu'au lit, où il l'allongea avant de parsemer son corps d'une pluie de baisers. Ivre de désir, il s'agenouilla devant elle pour lui prodiguer la plus intime, la plus douce des caresses…

C'était si bon qu'elle crut défaillir, mais elle voulait plus ; Éperdue, elle le supplia de venir en elle, et il la pénétra avec tant de douceur qu'elle sentit un sanglot monter dans sa gorge ; il était si parfait, la pièce manquante de son puzzle, sa moitié d'orange…

Agrippée à ses épaules, Brin s'abandonna au rythme effréné de leur éteinte, impatiente de ne faire plus qu'un avec lui. Alors qu'il s'enfonçait toujours plus profondément en elle, le monde extérieur s'évanouit peu à peu, laissant place à un univers de sensations pures, à un tsunami d'émotions toutes plus fortes les unes que les autres.

La bouche dans son cou, sa peau contre la sienne, Brin était au plus près de lui lorsqu'ils jouirent tous deux dans un même cri, emportés par un plaisir qui les laissa haletants, épuisés, comblés…

Elle aurait pu rester ainsi pour toujours, leurs deux cœurs battant à l'unisson. Hélas, elle savait que cette bulle de douceur éclaterait dès l'aube et que bientôt, il lui faudrait dire adieu à l'homme merveilleux qui venait de lui faire vivre les plus beaux moments de son existence…

9.

D'habitude, le sexe ne lui procurait pas un tel plaisir, songea Radd en arrêtant son véhicule devant les escaliers menant à la réception du Kagiso Lodge. C'était une simple fonction biologique, qui n'était pas censée procurer une telle plénitude de l'âme, une telle communion des cœurs…

Radd regarda Brin, assise sur le siège passager à côté de lui. Bien qu'elle soit habillée simplement d'un jean bleu et d'un T-shirt blanc, pas maquillée et les cheveux coiffés en queue-de-cheval, elle aurait pu rivaliser avec n'importe quel top-modèle. Et il était bien placé pour le savoir, puisqu'il en avait fréquenté quelques-uns… Il avait hâte de la retrouver dans son lit. Mais entre eux, il ne s'agirait jamais que de sexe, et rien d'autre. Il ne croyait pas à l'amour, à l'engagement ou au bonheur, pas plus qu'il n'avait envie d'être un jour un mari. Il ne croyait pas non plus aux contes de fées, mais si une femme avait le pouvoir de le faire changer d'avis, ce serait Brin. Rafraîchissante, dénuée de tout artifice, elle n'était pas impressionnée par sa richesse, son succès ou son apparence. Elle voyait au-delà même de son nom prestigieux. S'il s'était senti vulnérable, il aurait pu déposer sans crainte toutes ses peurs, tous ses rêves à ses pieds : elle ne les aurait pas piétinés.

Mais cela n'arriverait jamais, car il ne la reverrait pas

après l'avoir déposée chez elle, le lendemain. Il l'embrasserait pour lui dire adieu, s'éloignerait et retournerait à la réalité. Avec le temps, elle deviendrait un simple souvenir, un bateau qui passe dans la nuit. L'idée de ne plus jamais la revoir lui faisait presque mal et il s'interdit de laisser ses pensées dériver dans cette direction.

Et si elle répétait à un journaliste les confidences qu'il lui avait faites ? Il ne l'en croyait pas capable, au fond de lui, mais cette crainte familière revenait le hanter. Il savait qu'il ne devait pas se laisser aller à parler, que s'il avait gardé ses pensées pour lui, il n'aurait pas eu à s'inquiéter. Mais Brin s'était insinuée sous sa peau, s'était frayé un chemin jusqu'à son cœur et immiscée dans son âme. Elle avait fait resurgir en lui une foule de sentiments, l'obligeant non seulement à les affronter, mais aussi à regarder en face l'homme qu'il était, à s'interroger sur ce qu'il faisait de sa vie.

Tout à coup, son téléphone annonça un message entrant. Il prit l'appareil sur le tableau de bord et fit glisser son doigt sur l'écran. C'était un message de Digby.

> Pour info : Shanna bronzait seins nus sur mon balcon et un salaud de paparazzi nous a photographiés. Je précise que j'étais habillé, mais quand même ! Les clichés seront en ligne aujourd'hui.

Radd relut le message, essayant de donner un sens aux mots qu'il venait de lire. Shanna était la petite amie de Digby et une actrice en herbe. Le balcon auquel il faisait référence devait être celui de la suite au Vane, privée et à accès contrôlé qu'il occupait au Vane. Radd sentit son rythme cardiaque augmenter.

> Comment ça s'est passé ?

> Je l'ignore, mais je suspecte Shanna de n'être pas étrangère à cet incident.

Bon sang !

Ne réagis pas de façon excessive, pour l'amour de Dieu, Radd. Ce n'est pas si grave et c'est la rançon de la gloire. Au fait, j'ai rompu avec Shanna, bien sûr.

Heureusement, qu'il avait rompu ! songea Radd en se frottant les tempes pour tenter de repousser la colère qui l'envahissait. Il lutta contre l'envie de rentrer au Cap, d'exiger réparation et d'aller casser la figure au photographe. Mais son jeune frère avait trente-cinq ans et était tout à fait capable de se débrouiller tout seul. Comme tout le monde, les Tempest-Vane avaient droit au respect de leur vie privée mais si Digby était prêt à tolérer ce genre de violations, c'était son problème, après tout, se dit-il en sortant de sa voiture.

— Bonjour, John. Comment allez-vous ?

Radd leva les yeux et vit son portier, qui ouvrait la portière à Brin. Celui-ci, un homme âgé et très digne, le salua d'un signe de tête, mais Radd vit briller ses yeux tandis qu'il répondait.

— Je vais très bien, merci, mademoiselle Brin. Comment avez-vous trouvé La Cabane ?

Brin lui lança un regard entendu.

— C'était charmant, merci. La nourriture était divine et le décor magique.

Radd attendit avec impatience qu'elle le rejoigne dans le hall, puis glissa la main autour de sa taille pour monter l'escalier menant à la réception. Il l'attira vers la terrasse, hors de portée de voix de ses invités.

Radd avait désespérément envie de la serrer contre lui, d'enfouir son visage dans son cou et de l'embrasser à perdre haleine. Il aurait tant voulu faire des projets avec elle, à commencer par ne pas la laisser partir pour Le Cap, le lendemain. Mais parce que c'était impossible, parce qu'il ne faisait confiance à personne, qu'il ne croyait ni en l'amour, ni en l'engagement, il repoussa cette pensée. Il était grand temps de faire marche arrière. Et de le faire vite et bien.

— Sommes-nous sur la même longueur d'onde, Brinley ? demanda-t-il.

Brin fronça les sourcils, visiblement perplexe.

— Je ne comprends pas…

— Eh bien… Ce que nous avons fait la nuit dernière ne se reproduira plus. Mais ça n'a rien changé entre nous.

Il vit Brin pâlir en entendant ces mots, et la douceur de son regard faire place à une expression peinée. Soudain, elle s'éloigna de lui, comme si elle avait besoin de mettre une certaine distance entre elle et lui après le coup qu'il lui avait porté. S'il était ému, il savait qu'il ne pouvait pas se laisser détourner de son but : il fallait couper court à cette folie, briser net cet élan du cœur.

Il se passa la main dans les cheveux, et insista.

— Il ne se passera rien entre nous une fois que nous serons rentrés au Cap. J'espère que tu le sais.

De nouveau, elle fit un pas en arrière, et un éclair passa dans son regard. Il remarqua aussi le léger tremblement de son menton, et lutta contre l'envie de s'excuser, de retirer ces paroles cruelles. Non, il faisait cela pour son bien, pour leur bien à tous les deux.

Il la vit alors redresser les épaules, et ses yeux rencontrèrent les siens. Mais avant qu'elle ne puisse répondre, Naledi l'appela. Pour une fois, c'était une diversion bienvenue.

— Vos hôtes vous réclament, lança Brin, non sans ironie.

— Radd ! Regardez qui est arrivé pendant votre absence !

En se retournant, Radd découvrit Naledi, vêtue d'un

bikini minimaliste, le bras enroulé autour de la taille de son fiancé, Jonathan Wolf. Il dut faire preuve de toute sa volonté pour afficher un sourire de bienvenue et tendre la main au futur marié. Ensuite, il se tourna vers Brin et l'invita à s'approcher.

— Jonathan, je vous présente Brinley Riddell, dit-il.

— Oh ! Brin et moi nous connaissons ! répondit Jonathan d'un air enjoué. Mais je ne savais pas que tu connaissais Radd, Brinley…

Radd vit Brin pâlir. Qu'allait-il se passer, maintenant ?

— Et comment connais-tu Brinley, Jon ? demanda Naledi d'un ton légèrement soupçonneux.

— Brin est la sœur de Kelly Riddell, chérie.

Alors qu'elle était lovée dans les bras de Radd, quelques heures auparavant, Brin avait songé à lui parler de Kerry, de sa querelle avec Naledi, mais le moment ne lui avait pas semblé opportun. Elle n'avait pas voulu rompre le charme de ces instants d'autant plus précieux qu'ils ne se répéteraient jamais, elle le savait… Brin ferma les yeux et se demanda pourquoi Jonathan se souvenait d'elle – la jeune sœur d'une de ses conquêtes – alors qu'ils ne s'étaient rencontrés que brièvement plusieurs années auparavant. Elle ouvrait la bouche pour répondre à son salut lorsque le cri strident de Naledi la fit sursauter.

— La sœur de Kerry ? Tu plaisantes, j'espère ?

— En réalité, c'est sa demi-sœur, précisa Jonathan, et aussi son assistante personnelle.

Brin le corrigea aussitôt.

— J'étais son assistante, dit-elle, avant de se rendre compte que personne ne l'écoutait.

— Qu'est-ce qu'elle fait ici ? continua Naledi, furieuse. A-t-elle pris des photos ? Elle est venue pour ruiner mon mariage, j'en suis sûre ! cria-t-elle en tapant du pied.

Interdite, Brin reporta son attention sur Radd. Son expression, comme toujours, était impassible, mais ses yeux reflétaient la plus totale confusion, comme s'il essayait de trouver ses repères dans une mer soudainement agitée. Il tenta d'apaiser Naledi.

— Brin est designer florale, expliqua-t-il calmement, et je l'ai engagée pour s'occuper des fleurs.

— Vous avez confié la fabrication de mon bouquet de mariée à la sœur de ma pire ennemie ? s'écria Naledi, hors d'elle. Je déteste sa sœur, et elle aussi, par la même occasion ! Je ne vous l'ai pas dit ?

Autour de Naledi, ses demoiselles d'honneur s'étaient rassemblées, et Brin vit s'approcher sa mère, puis son père. Elle implora Radd de défendre son travail. Il lui avait dit à de nombreuses reprises que Naledi appréciait les compositions qu'elle avait réalisées et avait l'intention de faire de nouveau appel à elle. Elle retint son souffle, attendant qu'il dise quelque chose, n'importe quoi…

Mais Radd restait silencieux et évitait son regard, et elle eut l'impression qu'on lui arrachait le cœur.

Naledi, elle, était hors de contrôle.

— J'exige que vous fouilliez son téléphone ! Je veux voir si elle a des photos non autorisées de moi, et si c'est le cas, je la poursuivrai pour atteinte à ma vie privée !

Quelle idiote ! songea Brin un peu cyniquement. Elle n'avait pas un sou, de toute façon ! Pour autant qu'elle le sache, Radd ne l'avait toujours pas payée et, à en juger par sa fureur froide, elle n'était pas certaine qu'il le ferait.

— Naledi vous a demandé quelque chose ! gronda Vincent Redebe en posant sa main sur l'épaule de sa fille.

Les yeux rivés sur le visage de Radd, Brin le vit lever la main et espéra une nouvelle fois qu'il lui offrirait sa protection, son soutien. Jamais, dans ses pires cauchemars, elle n'aurait pu imaginer l'entendre prononcer ces mots :

— Puis-je voir votre téléphone, mademoiselle Riddell ?

Hébétée, elle le fixa sans bouger. Jamais elle ne s'était sentie aussi désespérément seule, abandonnée. Malgré la chaleur ambiante, elle eut l'impression qu'un vent glacial la transperçait.

— Mon téléphone ? bredouilla-t-elle, mais… pourquoi ?

Ne fais pas ça, Radd, je t'en prie…

Radd se contenta d'attendre, la main toujours tendue vers lui.

— Je vous conseille de coopérer, ce sera plus agréable pour tout le monde, ajouta-t-il, faussement compatissant.

Les yeux brûlants de larmes retenues, Brin sentit son cœur sombrer. La nuit dernière ne signifiait rien pour lui, pas plus que les sentiments qu'elle éprouvait à son égard, son comportement en était la preuve. Anéantie, elle secoua la tête pour chasser les émotions qui menaçaient de la submerger. Pas question de s'effondrer devant Radd ou ses hôtes !

En s'efforçant de maîtriser le tremblement de sa main, elle sortit son téléphone de la poche arrière de son jean et le lui tendit. Puis elle prit une profonde inspiration et regarda Naledi, Jonathan, M. Radebe et enfin Radd. Son cœur était brisé, mais sa fierté toujours intacte.

— Je vous en prie… Mais vous ne trouverez aucune photo de Naledi ou de qui que ce soit d'autre dans cet appareil, parce que je ne suis pas ici pour ça.

Tandis que les mariés et leurs invités se félicitaient d'avoir obtenu gain de cause, elle s'adressa à Radd.

— Tu peux garder ce téléphone, dit-elle avec froideur. Je vais dans la chambre préparer mes affaires. Si je ne peux pas prendre un avion pour partir d'ici, j'irai à pied !

— Je peux t'expliquer ?

Du coin de l'œil, Brin vit Radd se laisser tomber sur le siège, en face d'elle, et attacher sa ceinture avant de regarder par le hublot la ville du Cap, nichée entre les montagnes et la mer. Il avait pris son temps pour entamer la conversation, pensa Brin ; le jet amorçait sa descente et dans quelques minutes ils atterriraient. Brin ne doutait pas que c'était délibéré, et destiné à écourter leur conversation. Cela lui convenait, car elle n'avait pas grand-chose à dire. Elle l'aimait, mais lui ne l'aimait pas et ne lui faisait pas confiance. C'était simple, dans le fond, et elle avait hâte de refermer cette parenthèse et de retrouver son univers familier. L'amitié indéfectible d'Abby, son épaule où elle pourrait pleurer.

Mais elle devait mettre de côté ses sentiments et ses émotions et, plutôt que de songer à soigner son cœur meurtri, commencer à réfléchir sérieusement à son avenir. Elle n'avait aucune envie de quitter Le Cap, une ville qu'elle aimait et où elle se sentait bien, mais comment vivre dans la même ville que Radd sans songer tout le temps à lui ? Et comment accepter son argent, après ce qu'il s'était passé avec les Radebe, sans avoir l'impression qu'elle ne l'avait pas mérité ?

Si elle décidait de toucher cette somme et d'ouvrir sa propre boutique de fleurs, elle penserait à Radd chaque fois qu'elle y entrerait. Elle se rappellerait cette parenthèse folle au lodge, et l'homme dont elle était tombée amoureuse et qui lui avait brisé le cœur.

Pourtant, elle avait fait son travail, rempli sa part du marché, et elle méritait cet argent, lui soufflait une petite voix persistante. Quel choix avait-elle ? Continuer de travailler d'arrache-pied pour assurer sa subsistance ? Ou rentrer à Johannesburg avec le sentiment d'avoir échoué ?

Sa fierté la poussait à lui dire d'aller au diable avec son argent, mais si elle faisait cela, sa situation serait pire qu'avant leur rencontre. Retourner travailler pour Kerry était une autre possibilité, la pire sans doute. Pourquoi donc était-elle tombée amoureuse de cet homme, se demanda-t-elle. Quelle folie ! Il était froid, autoritaire, et avait les plus grandes difficultés à s'engager, incapable d'envisager l'avenir à deux. – J'ai dit aux Radebe qu'il n'y avait pas de photos sur ton téléphone.

Bien sûr qu'il n'y en avait pas ! Du reste, cet incident était clos, pour elle, désormais. Elle regarda Radd croiser ses longues jambes, étudia sa silhouette : il portait toujours une barbe de deux jours, mais il avait enfilé un pantalon chino chocolat et une chemise en lin écrue qu'il portait déboutonnée en haut, et les manches retroussées. À son poignet brillait une montre connectée dernier cri, différente de celle, élégante et intemporelle, qu'il avait héritée de son grand-père. Même si sa mise était décontractée, il était redevenu l'homme d'affaires qu'il n'avait en réalité jamais cessé d'être, alors qu'elle portait toujours les mêmes vêtements que lorsqu'elle avait quitté La Cabane. Soudain, elle se sentit mal à l'aise, décalée.

— Tu es vraiment en colère, constata-t-il.

Bien sûr, qu'elle était furieuse contre lui ! Mais elle était aussi blessée, triste et lasse d'être mise à l'écart. Elle avait vécu en marge du cercle familial toute sa vie et voulait briller à sa façon, dans un environnement où elle serait respectée et aimée. Elle voulait partager sa vie avec quelqu'un qui prendrait sa défense, serait de son côté. Radd, comme il l'avait démontré plus tôt, n'était pas cette personne. Elle ne trouverait jamais la paix dont elle rêvait avec lui, dans le monde où il évoluait.

— Les gens riches et les célébrités tiennent à leur intimité, Brinley, déclara calmement Radd.

— J'ai longtemps travaillé pour ma sœur en tant qu'assistante, et je le sais parfaitement bien, rétorqua Brin, glaciale. J'ai géré son image et ses réseaux sociaux et je connais les règles du jeu. Je ne les approuve pas, mais je les comprends. Outre le fait que je ne suis pas du tout intéressée par Naledi et son mariage, je ne me permettrais jamais de violer ainsi sa vie privée. Je pensais que tu avais compris ça et que tu prendrais ma défense.

— Comment l'aurais-je fait alors que tu ne m'as pas dit la vérité sur les liens entre ta sœur et Naledi ! objecta Radd.

Il marqua une pause et se passa la main dans les cheveux.

— Je me souviens t'avoir demandé s'il y avait quelque chose que je devais savoir, quelque chose qui pourrait gâcher cette semaine. Et tu ne m'as rien dit.

— Je n'avais aucune obligation de divulguer cette information, ni à toi ni à quiconque, Radd. Et tu t'en sers comme excuse pour me repousser.

L'accusation était sérieuse, et elle vit Radd plisser les yeux.

— Comment ?

Brin entendit le ronronnement du train d'atterrissage, puis sentit que les roues entraient en contact avec la piste.

— Et comme ça ne marche pas, j'imagine que tu vas me parler de l'importance de conclure enfin l'achat de la mine, et me reprocher d'avoir compromis cette transaction. Mais pour moi, ta personne et ton rôle au sein de l'entreprise familiale sont deux choses bien distinctes, rappela Brin.

— Tu n'as pas l'air d'avoir compris ce que cela signifiait d'avoir des parents comme les miens ! répliqua Radd.

Ils ont traîné notre nom dans la boue. Ils ont vendu tous les biens que mon grand-père et mon arrière-grand-père avaient durement acquis, et Digby et moi avons dû nous tuer à la tâche pour récupérer ce qui avait été perdu !

— Je comprends, mais tu sais, Radd, tout le monde a un passé. J'ai grandi dans l'ombre de ma sœur. Rien de ce que j'ai fait ou dit n'a jamais pu égaler l'éclat et la beauté de Kerry. Mais je continue à me dire que le passé est le passé, et qu'il ne doit pas influer sur mes choix actuels. De plus, je n'ai aucun intérêt à être avec un homme qui fait passer l'argent et les affaires avant sa propre vie, quelqu'un qui ne peut pas prendre ma défense lorsque je suis injustement accusée.

Quand Radd se pencha en avant, elle comprit à l'expression de son visage que son amant de Kagiso avait disparu, laissant place à l'intraitable homme d'affaires du Cap. Le Radd qu'elle avait devant elle, dur et inflexible, la dévisageait d'un regard sans aménité.

Brin prit son téléphone et fit glisser son pouce sur l'écran. Puis elle inspira profondément, rassembla son courage et tourna l'appareil vers lui. Elle le vit écarquiller les yeux en découvrant le cliché qui s'affichait sur l'écran.

— Nous sommes devenus amis, Radd, puis nous sommes devenus amants et je crois que cela te fait très peur, dit-elle. Dès le lendemain de notre nuit à La Cabane, j'ai senti que tu essayais de trouver un moyen de mettre de la distance entre nous. Et puis j'ai trouvé cette photo de Digby et de sa petite amie en ligne…

— Comment ?

Brin haussa les épaules.

— J'ai vu par hasard la photo sur ton téléphone.

— Tu as fouillé dans mon téléphone ? gronda Radd.

— Pas du tout. Mais nous étions assis près l'un de l'autre, alors…

— Je vois.

— Cette mise en scène orchestrée par la petite amie de Digby t'a convaincu, s'il en était besoin, que tu ne pouvais pas faire confiance aux gens, que tu ne devais pas laisser quiconque s'approcher trop près de toi. Cette scène avec Naledi l'a confirmé : tu cherchais une excuse pour me repousser, Radd. Tu en cherchais désespérément une, parce que tu as trop peur d'aimer, trop peur de prendre des risques, trop peur de t'engager, probablement parce que tes parents, les personnes qui sont censées t'aimer le plus, ne l'ont pas fait et t'ont constamment déçu.

Radd laissa échapper un son étouffé, mais Brin ne lui laissa pas l'occasion de répliquer.

— Et tu n'as pas tardé à trouver ce que tu cherchais, poursuivit-elle. Crois-tu vraiment qu'une campagne de publicité et une réhabilitation de ton nom vont t'apporter la paix dont tu as besoin ? Ce n'est pas le cas. Parce que tant que tu ne seras pas persuadé que tu es une personne et pas un nom, tant que tu n'assumeras pas pleinement et sans réserve ce que tu es en tant qu'individu, tout cela ne sera que de la poudre aux yeux ! Tu es devenu l'homme que tu es grâce à ton seul mérite et il est temps de le reconnaître. Avant de convaincre le monde, Radd, essaie de te convaincre toi-même.

Brin vit la couleur disparaître du visage de Radd. Elle savait qu'il voulait répondre mais elle leva la main pour lui intimer le silence.

— Je n'ai cessé de me dire que je ne faisais pas partie de ton monde, que je n'y avais pas ma place, mais la vérité est que c'est toi qui n'as pas ta place dans mon monde, Radd ! Et ça n'a rien à voir avec l'argent, le pouvoir ou la célébrité. J'ai besoin que les gens de mon entourage me soutiennent comme je les soutiens. J'ai besoin de confiance et de réconfort, de quelqu'un qui me laissera l'aimer et m'aimera en retour.

Brin serra les poings, maudissant silencieusement les larmes qui coulaient sur son visage.

— Je mérite un homme qui m'aime vraiment, Radd. Je suis désolé que ça n'ait pas pu être toi, mais c'est ainsi.

Enfin, l'avion s'immobilisa et Brin vit Skye debout près du cockpit. Elle lui sourit, détacha sa ceinture et se leva. Elle baissa les yeux sur Radd, qui fixait ses mains, une expression indéchiffrable sur le visage.

— Inutile de me raccompagner chez moi, Radd. J'ai contacté Abby et elle est venue me chercher. Ces quelques jours ont été… intéressants. Au revoir, Radd.

Le cœur en miettes, Brin se força à s'éloigner, concentrée sur l'escalier qui menait au tarmac. Elle était furieuse contre lui, mais surtout blessée et déçue qu'il ne soit pas assez courageux pour l'aimer, mais cela n'entamait pas – hélas ! – son amour pour lui. Il était la moitié d'orange qu'elle avait cherchée toute sa vie, son supplément d'âme. Il était son abri dans la tempête, son refuge. Radd était l'homme qu'elle avait choisi, le visage qu'elle voulait voir chaque matin au réveil, le corps contre lequel elle voulait se blottir le soir venu. Celui avec qui elle voulait rire, aimer, fonder une famille.

Mais il fallait être deux. Sans le savoir, Radd tenait son cœur entre ses mains.

Et Brin ne put s'empêcher d'éclater en sanglots en songeant que désormais, elle devrait apprendre à vivre sans lui.

10.

— Bon sang, Radd, reste assis !

Au dernier rang, Radd ignora l'ordre de son frère et regarda Naledi adresser un sourire radieux au cameraman professionnel tandis que Jonathan glissait sa bague à son doigt en prononçant le « oui » de circonstance. Ne devrait-elle pas être en train de regarder son mari, et concentrée sur ce moment unique où elle se liait pour la vie à un autre être, lui promettant de l'aimer et de lui être fidèle à jamais ? Ne devrait-elle pas être plus attentive à Jonathan qu'à la caméra ?

— Six mois, murmura Digby.

Radd tourna la tête pour regarder son frère.

— Quoi ?

— Je leur donne six mois avant de commencer à parler divorce, et… disons neuf avant de redevenir célibataires.

Digby haussa les épaules devant son air surpris.

— J'ai vu beaucoup de mariées franchir les portes du Vane, mais aucune n'était aussi imbue d'elle-même que Naledi Radebe. Il n'y a de place dans cette relation que pour une seule personne, et c'est elle.

— Brin partage tout à fait ton avis, acquiesça Radd.

Bon sang, le simple fait de prononcer son nom lui faisait mal. Pourquoi ? Elle ne ferait jamais partie de sa vie. Pas plus qu'une autre, du reste. Mais si c'était vrai, alors pourquoi avait-il passé les trente-six dernières heures à se convaincre de ne pas aller la voir, de ne pas l'appeler ?

Radd porta la main à son cœur, pris d'un étrange malaise. Allait-il un jour cesser de souffrir ? Brin lui manquait, tout simplement, comprit-il. Elle avait besoin de confiance, de confort et de soutien, et il n'était pas capable de lui donner cela.

— As-tu vu la lettre que nous avons reçue de l'avocat de nos parents ? demanda Digby à voix basse. Le bénéficiaire de leur trust veut nous rencontrer, sous certaines conditions.

Pour l'instant, il s'en fichait complètement. Et il n'était pas du tout curieux de savoir à qui Gil et Zia avaient laissé leur argent. La seule personne dont il se souciait, en ce moment, c'était Brin.

— Brin est la sœur de Kerry Riddell, chuchota-t-il à l'oreille de son frère.

Celui-ci le regarda d'un air perplexe.

— Tu as entendu ce que j'ai dit ? Sur le fait de rencontrer la personne à qui ils ont laissé leurs biens ?

— Mmm… Brin m'a dit que je vivais dans le passé et que la campagne de publicité que nous envisagions était juste un moyen de me convaincre que je valais mieux qu'eux.

Digby laissa échapper un juron et ferma les yeux. Puis il se leva et lui fit signe de le suivre. Radd l'imita, heureux d'être au dernier rang et de pouvoir s'éclipser sans gêner les autres invités.

Ils marchèrent en silence jusqu'au bar installé sur la magnifique véranda. Digby passa derrière le comptoir et prit une bouteille de whisky et deux verres. Après avoir versé une bonne rasade à Radd, il lui tendit un verre et reprit la parole.

— Ta fleuriste est la sœur de Kerry ? Je n'y crois pas.

— Tu connais Kerry Riddell ? demanda Radd.

Il prit une longue gorgée de whisky, et accueillit la brûlure, puis la chaleur, en se frappant virilement l'estomac. C'était la première fois qu'il ne se sentait pas frigorifié depuis que Brin l'avait abandonné, dans l'avion.

— Oui, on s'est rencontrés. C'est un sacré numéro !

Étonnamment, Radd se sentait d'humeur bavarde, tout à coup. Faisant tourner son verre dans ses mains, il répondit :

— Je n'ai découvert le lien entre Brin et elle que lorsque Jonathan l'a présentée à Naledi comme la sœur de Kerry, au lodge. Naledi n'a pas bien pris la chose.

— Je parie qu'elle a perdu son sang-froid et a accusé Brin de vouloir gâcher son mariage !

Radd posa son verre sur le bar et commença à faire les cent pas devant Digby.

— En effet. Comment as-tu deviné ?

Digby sourit.

— C'est Mari qui me l'a dit. Elle m'a aussi dit que tu étais amoureux de Brin.

Radd but une nouvelle gorgée de son whisky.

— Nous avons eu une brève aventure, mais c'est fini.

Il recommença à arpenter la terrasse.

— C'était… sans conséquence.

Radd leva les yeux vers le ciel clair, guettant la foudre qui le frapperait pour le punir d'avoir proféré cet énorme mensonge.

Mais Digby n'était pas dupe.

— Bien sûr ! ironisa-t-il. C'est pour cela que tu as à peine réagi quand je t'ai parlé du bénéficiaire du trust, pourquoi tu as balayé cette nouvelle pour me parler de cette fleuriste. Admets-le, Radd, cette femme t'obsède !

Radd se retourna brusquement et jeta un regard furibond à son frère.

— Tu cherches la bagarre, ou quoi ? Tu sais ce que je pense du mariage, du fait de se caser !

Digby ne se laissa pas démonter, et répliqua, visiblement amusé :

— Je le sais, oui…

— Alors pourquoi fais-tu ce genre de commentaires ? demanda Radd, qui se remit à marcher en long et en large.

— Tu cries. Et tu t'agites.

Radd leva les bras en signe de frustration. Il n'y avait personne autour d'eux, et il ne dérangeait pas les invités, alors quel était son problème ? Comme Digby souriait de nouveau, Radd serra les poings.

On ne frappe pas son jeune frère, même s'il le mérite.

— Mais enfin, qu'est-ce qui te fait rire ? lança-t-il.

— Toi ! Regarde-toi, Radd. Je ne t'ai pas vu dans cet état depuis… eh bien, à vrai dire, c'est la première fois. Tu es la personne la plus impassible que je connaisse, et pourtant te voici bouleversé par une femme.

Radd voulut protester, mais c'était inutile. Depuis le jour où il l'avait rencontrée, Brin avait la capacité de lire dans son âme et de faire remonter à la surface toutes ses émotions enfouies. Et cela signifiait forcément quelque chose. Radd se frotta les mains sur son visage, et sa colère s'estompa peu à peu. Il jeta un regard noir à son frère et avoua :

— Elle me rend fou, tu sais.

— Et c'est une très bonne chose, répondit Digby.

— Pas de mon point de vue, grommela Radd.

Digby réfléchit quelques instants avant de reprendre la parole.

— Depuis la mort de Jack, tu as tendance à te comporter…

— Comment ?

Voyant que son frère hésitait, Radd insista.

—… comme un robot, acheva Digby en haussant les épaules. Tu sais, quand Jack est mort, nous avons dû grandir vite, tous les deux, et c'est ce que nous avons fait. Il a fallu affronter nos parents, faire face aux ragots et digérer la perte de notre héritage. Dans notre volonté de retrouver ce qui avait été perdu, nous nous sommes aussi perdus nous-mêmes, dans une certaine mesure.

— Qu'est-ce que tu veux dire, au juste ? demanda Radd, la gorge sèche.

Cette conversation s'annonçait délicate, mais il y avait longtemps qu'il l'attendait. Le chemin sur lequel ils se trouvaient tous deux, qui lui paraissait si dégagé il y avait une semaine encore, était maintenant enveloppé de brouillard.

— Nous avons tous deux radicalement changé après la mort de Jack, reprit Digby. Nous le vénérions, il était notre héros, notre point d'ancrage. Si la trahison de nos parents nous a anéantis, les voir reprendre la même vie qu'avant la disparation de Jack nous a donné le coup de grâce. Pour moi, c'était comme si Jack mourait une seconde fois…

— Peut-être que c'était leur façon de faire face à sa mort, d'entamer leur deuil, suggéra Radd, choqué par cette façon de voir les choses.

— Peut-être. Ou peut-être que tu les juges avec trop de clémence, dit Digby, le regard orageux. Quoi qu'il en soit, comme je le disais, la mort de Jack a tout changé. Tu es devenu un adulte du jour au lendemain et moi, un rebelle. Mon Dieu, c'est un miracle que j'aie pu finir l'école sans être renvoyé !

Cela n'avait rien d'un miracle, songea Radd en souriant

à ce souvenir. Il était allé voir le directeur et l'avait supplié de garder Digby dans son établissement. Mais il s'était bien gardé de le dire à Dig, qui n'avait pas besoin de le savoir.

— J'ai cherché un moyen d'anesthésier la douleur tandis que toi, tu as tout intériorisé pour forger ce personnage dur, que rien ne peut atteindre.

Digby enfonça les mains dans les poches de son pantalon de costume avant de poursuivre.

— J'ai dépassé cette phase de rébellion, mais toi, tu as gardé ta carapace de dur à cuire. Et pour tout t'avouer, ça m'inquiète. C'est pourquoi je suis si heureux que tu aies enfin trouvé quelqu'un qui compte pour toi.

C'était le cas de Brin, en effet. Même s'il se refusait à l'admettre, il ne pouvait pas se le cacher à lui-même. Avec Brin, il se sentait tour à tour détendu et plein d'énergie, calme et excité. Il se sentait vivant…

— Brin semble penser que j'utilise la campagne de publicité comme une thérapie, pour me sentir mieux dans ma peau, avoua Radd.

Digby était la seule personne avec qui il pouvait parler de ce sujet, qui le concernait au même titre que lui. Et jusqu'à ce qu'il ait décidé si elle avait raison ou tort, il ne pourrait pas avancer. Comment et pourquoi, il n'en avait aucune idée, mais il n'était pas du genre à rester à ne rien faire.

Digby fixait un point au-delà de l'épaule de Radd, et celui-ci savait qu'il s'agissait de la magnifique Table Mountain. L'opinion de Digby était importante, et il était tout à fait disposé à attendre que celui-ci s'exprime. Enfin, les yeux de Dig rencontrèrent les siens.

— Elle a raison, Radd, renchérit-il, toi et moi le savons tous les deux. Je ne nous reproche pas d'avoir essayé de rendre à la société sa splendeur d'antan, car cela a donné un sens à notre vie à un moment où nous en avions cruellement besoin. Mais comme je te l'ai dit, je ne suis pas forcément pour cette campagne de publicité, car j'ai l'impression qu'elle ne servirait pas à grand-chose. Les gens continueront à penser ce qu'ils pensent de toute façon ; nous seuls connaissons la vérité. Peut-être que nous devrions aller de l'avant sans nous soucier de ce que les gens pensent de nous.

Digby ne se souciait pas, et ne s'était jamais soucié, de ce que les gens pensaient de lui. Il faisait ce que lui dictait sa conscience et peu lui importait d'être aimé ou rejeté.

Radd, lui, avait l'impression que le monde tremblait sous ses pieds. Tout ce qui semblait immuable il y a une semaine était maintenant chancelant, et ce en quoi il avait toujours cru lui semblait soudain moins important. Tout ça parce qu'une sirène aux yeux d'argent avait mis sa vie sens dessus dessous !

— Je vois…

Radd se força à poser la question qui le taraudait.

— Crois-tu que nous devrions poursuivre les négociations pour l'achat de la mine ?

— Absolument, acquiesça Digby. Tu as survécu à la semaine de festivités prénuptiales à Kagiso, et à l'heure qu'il est, Naledi et Jonathan sont mari et femme, alors pourquoi pas ? Demande à Vincent de signer l'accord de vente et finissons-en ! Une fois que la mine sera entre nos mains, nous pourrons décider ou non de lancer une campagne de publicité et choisir l'orientation que nous souhaitons donner à la société. Mais je pense que tu devrais plutôt chercher à renouer avec Brin. Il est évident que tu es fou amoureux d'elle.

Non, il ne l'était pas ! Radd jeta un regard brûlant

à Digby et remarqua que ce dernier levait les sourcils, comme pour le défier de le contredire.

Oui, il aimait Brin, et adorait son corps. Faire l'amour avec elle était magique et il aimait passer du temps en sa compagnie, mais cela ne voulait pas dire qu'il l'aimait…

Digby lui lança un sourire malicieux.

— Si tu n'es pas amoureux d'elle, alors je peux lui demander de sortir avec moi, non ?

Radd vit rouge, et se retint pour ne pas se jeter sur Digby et l'étrangler. Brin était à lui !

— Essaie, et tu verras…

L'expression de Digby se fit moqueuse.

— Reconnais que tu as des sentiments pour elle, mon frère.

Bon, peut-être qu'il était amoureux d'elle, en effet. Mais qui tombait amoureux en moins d'une semaine ? Radd, au prix d'un effort considérable, repoussa ses craintes et, après avoir pris une profonde inspiration, examina ses sentiments pour Brin. Auprès d'elle, il se sentait au meilleur de lui-même. Il aimait son rire coquin, son sourire sexy, le balancement de ses hanches et sa façon de plisser le nez lorsqu'elle était plongée dans ses pensées. Rien d'autre, ni les affaires familiales, ni même son frère, ne comptaient autant qu'elle ; lui-même n'était désormais plus qu'en deuxième position sur la liste de ses priorités. Il ne pouvait pas, ne voulait pas, vivre sans elle.

Un peu mélodramatique, tout ça, tu ne trouves pas, Tempest-Vane ?

C'était difficile à admettre, mais avoir Brin dans sa vie l'enrichissait chaque jour davantage, bien plus que l'argent sur ses comptes en banque n'avait jamais pu le faire. Elle était tout ce qui lui importait.

— Ah, ça y est, tu commences à comprendre ! lança Dig, moqueur.

Radd esquissa un sourire, puis il grimaça.

— C'est très bien que j'aie un moment de lucidité, mais ça ne veut pas dire qu'elle voudra de moi.

— Non, elle serait folle de te prendre. Je suis un bien meilleur parti, le taquina Digby.

Soudain, Radd vit Vincent Radebe traverser la pelouse impeccable dans leur direction. Cela signifiait que le mariage était terminé. Radd se souvint que le cortège était censé se réunir près de la fontaine pour les traditionnelles photos, et se demanda pourquoi Vincent avait quitté le cortège. Les invités ne tarderaient pas à sortir à leur tour, donc si Radd voulait s'éclipser – il avait tellement hâte de retrouver Brin ! – c'était le bon moment.

— J'ai réfléchi, lança Vincent en croisant les bras sur sa poitrine. Je ne veux plus vendre la mine.

Pourquoi cela ne le surprenait-il pas ? s'interrogea Radd, qui attendit que la vague de colère et de déception s'empare de lui. En vain…

Avant qu'il ne puisse répondre, Digby répliqua d'un ton à la fois mielleux et déterminé :

— C'est votre prérogative, bien sûr. Maintenant, si vous aviez l'amabilité de m'accompagner à la réception, j'aurais besoin de votre carte de crédit pour régler les frais du mariage.

Il se tourna vers Radd.

— Dois-je ajouter le coût du séjour des mariés et de leurs amis au Kagiso Lodge, aussi ?

Si Vincent Radebe revenait sur leur accord, ils n'hésiteraient pas à lui présenter la facture. On ne plaisantait pas avec les frères Tempest-Vane !

— Oui, tout à fait. Le lodge a été privatisé spécialement pour accueillir les invités de Vincent.

Ce dernier pâlit.

— Euh…

— Merci de nous avoir permis d'accueillir au Vane l'un des mariages les plus somptueux et les plus coûteux de ces dix dernières années ! dit Digby. Nous sommes honorés et reconnaissants. J'ai peur que la facture soit un peu salée, mais c'est le prix à payer pour des souvenirs inoubliables.

Radd faillit éclater de rire. L'union de Naledi et Jonathan ne durerait pas toute la vie, pas même une année.

— Et… à combien s'élève la facture ? demanda Vincent.

— Deux cent mille dollars, répondit Digby d'un ton suave. Sans le séjour à Kagiso, qui doit coûter à peu près la même somme.

Radd se retint de rire en voyant Vincent passer la main sur son crâne chauve en jurant tout bas. Il en avait assez d'être le pantin dont Vincent tirait les ficelles. Il était temps de mettre fin à cette farce, car il était fatigué de payer pour les erreurs de ses parents.

Il prit la parole.

— Écoutez, Vincent, nous savons tous que vous voulez vendre la mine pour concentrer vos activités sur les télécommunications. Vous l'avez gardée jusqu'à maintenant parce qu'elle était très rentable. Nous vous avons fait une offre solide, à laquelle nous avons ajouté la prise en charge de tous les frais de ce mariage et votre séjour à Kagiso. Maintenant, la partie est terminée, et nous voulons cesser de jouer.

— Tout le monde sait que cette mine est la pièce manquante de l'empire Tempest-Vane, répliqua Vincent, perfide.

Radd interrogea son frère du regard, et celui-ci hocha la tête pour signifier son approbation. Ils pouvaient vivre sans cette mine, et ils le feraient. Brin avait raison : en fin de compte, ce n'était pas si important, et la terre ne s'arrêterait pas de tourner si la mine n'était pas ajoutée aux actifs du groupe. De plus, puisqu'il savait qu'il n'était pas comme ses parents, la réhabilitation de leur nom avait-elle une quelconque importance ? S'il se mariait, sa femme pourrait s'en soucier, mais comme Brin était la seule personne qu'il pouvait imaginer dans ce rôle et qu'elle s'en fichait complètement… Mon Dieu, comme il l'aimait !

Radd prit une grande inspiration et se rendit compte que le poids qui l'oppressait avait disparu. C'était donc à ça que ressemblait la liberté !

— Il s'agit d'un business, Vincent, rien de plus et rien de moins. Vendez-nous la mine, comme convenu, ou ne le faites pas. Dans tous les cas, tout ira bien.

Il fit signe de la tête au groupe d'invités qui se dirigeait vers eux, menée par l'organisateur de mariage, qui avait l'air épuisé.

— Allez rejoindre votre famille, Vincent, ajouta Radd.

Surpris, Vincent se tourna vers lui.

— Vous ne voulez pas savoir ce que j'ai décidé ?

— Franchement, j'ai d'autres chats à fouetter, en ce moment…

Comme Vincent s'éloignait, décontenancé, Digby posa la main sur son épaule.

— Il est temps d'aller la retrouver, Radd, murmura-t-il à son oreille.

— Merci, Dig.

— Et si elle dit non, je prendrai ta place. Je suis plus jeune, plus charmant et plus beau que toi !

11.

Abby lui tint la main alors pour monter les marches menant de la plage au parking, et Brin apprécia son soutien. Tant de choses s'étaient passées depuis sa rencontre avec Radd, ici même, une semaine plus tôt ! pensa Brin. Elle avait traversé le pays en avion, visité la plus incroyable des réserves animalières, rencontré Mari, et… donné son cœur à Radd. Qui n'en voulait pas.

— Brin !

Abby fit claquer ses doigts devant son visage pour la ramener à la réalité. Quand Brin était rentrée chez elle, la veille, son amie l'avait prise dans ses bras et laissée pleurer toutes les larmes de son corps. Puis elle leur avait servi deux bons verres de vin avant d'écouter chaque détail de son récit.

Ce matin – ou plutôt, ce midi – elle l'avait tirée de son lit, poussée sous la douche, avant de la conduire jusqu'ici, affirmant qu'un après-midi à la plage lui ferait du bien. Hélas, Brin se sentait toujours complètement épuisée. Elle avait à peine dormi la nuit dernière – chaque conversation avec Radd passait et repassait en boucle dans son cerveau, et se terminait par des mots cinglants qui sonnaient le glas de cette éphémère liaison.

— Je t'ai envoyé le numéro de mon cousin, l'avertit Abby. Il est agent immobilier et il essaie de te trouver une boutique de fleuriste à vendre. Il cherche aussi d'autres commerces à transformer, éventuellement.

— Je ne pense pas que je puisse prendre l'argent de Radd, Abby, déclara tranquillement Brin.

Comment pouvait-elle expliquer que tout cela ne signifiait rien sans Radd ? Qu'elle n'était plus que l'ombre d'elle-même et qu'au lieu de créer une entreprise, elle ferait mieux de retourner à Johannesburg travailler pour Kerry. Elle ne pourrait de toute façon pas se sentir plus mal qu'en ce moment !

— Je sais que c'est difficile, mais tu dois penser avec ta tête, pas avec ton cœur, conseilla Abby en serrant sa main dans la sienne. Donne-toi quelques semaines avant de prendre une décision concernant cet argent. Tu es blessée et bouleversée, et il ne faut rien précipiter quand on est sous le coup de l'émotion.

C'était un conseil solide, mais Brin savait qu'elle ne le suivrait pas. Dès que l'argent serait sur son compte, elle demanderait à Abby le numéro de compte bancaire de Radd. Elle était son employée, après tout. Si Abby ne le connaissait pas ou ne pouvait pas l'obtenir, elle contacterait Radd directement. Retourner à Johannesburg ne serait pas si mal, car elle serait en terrain connu. Elle aurait un bon salaire, une bonne voiture, la sécurité financière. Et après avoir eu le cœur brisé par Radd, les rebuffades, les critiques et les caprices de sa sœur et de sa mère n'auraient pas le pouvoir de la blesser. Plus jamais elle ne se jetterait ainsi à la tête d'un homme, se jura Brin. Elle en avait fini avec les hommes et l'amour. Pour toujours.

— Brin…

Elle leva les yeux vers son amie qui posait le pied sur le trottoir, en haut des marches. Elle savait qu'Abby voulait bien faire, mais elle voulait juste un peu de paix, un peu de temps pour soigner son cœur brisé, son esprit meurtri. Elle avait besoin de temps pour récupérer, faire le deuil de ce qui aurait pu être.

Mais Abby insista, et elle sentit ses ongles s'enfoncer dans la peau nue de son bras. Suivant son regard. Brin découvrit Radd, vêtu d'un costume gris léger, la cravate défaite, appuyé contre le capot de sa voiture de luxe. Que faisait-il ici, alors qu'il aurait dû assister au mariage de Naledi ? Il glissa ses mains dans les poches de son pantalon. Des lunettes de soleil aviateur couvraient ses yeux et il avait l'air distant, comme toujours.

Au lieu d'aller vers lui, Brin tourna les talons et fila vers la voiture d'Abby. Elle entendit son amie trotter derrière elle.

— Parle-lui, Brin ! suppliait-elle.

— Il n'y a rien à dire, répondit Brin, la main sur la poignée de la portière. S'il te plaît, Abby, ramène-moi à la maison !

Soudain, la voix de Radd retentit :

— Nous devons parler, Brin.

Enfin, Brin se retourna.

— Je pense que nous avons assez parlé hier.

Radd insista.

— Hier, j'ai été stupide. J'espère que je le serai moins aujourd'hui.

— J'en doute ! lança Brin.

— Viens avec moi, Brin. Essayons de régler ça !

Brin éleva la voix.

— Il n'y a rien à régler !

— Tu sais bien que si, rétorqua Radd. Nous avons beaucoup de choses à discuter, au contraire.

Radd sourit à Abby.

— Rentrez chez vous, Abby, je raccompagnerai Brin plus tard.

Brin darda sur son amie un regard aigu.

— Ne t'avise pas de me quitter, Abigail !

Celle-ci haussa les épaules.

— Radd est mon patron, Brin. Et il me congédiera si je ne fais pas ce qu'il me demande. N'est-ce pas, Radd ?

— Tout à fait, répondit simplement Radd.

Ils se moquaient d'elle ? Radd n'aurait pas remercié Abby pour une raison aussi futile, et ils le savaient tous les trois. Non, ils voulaient la pousser à avoir une conversation avec Radd et elle n'aimait pas ça. Frustrée, elle sortit son téléphone.

— Bien, je vais appeler un taxi.

En un éclair, Radd fut près d'elle, et elle perçut la fragrance de son eau de Cologne quand il lui prit son téléphone des mains et croisa les bras.

— Toi et moi, on va discuter, lui dit-il avant de glisser ses lunettes de soleil dans la poche intérieure de sa veste. Vous pouvez y aller, Abby.

Brin entendit la portière s'ouvrir, le moteur démarrer, mais elle ne pouvait détacher son regard de celui de Radd. Il avait l'air d'avoir encore moins dormi qu'elle. Son teint était pâle dans la lumière de fin d'après-midi. Ses yeux, mon Dieu, ses yeux ! Ils reflétaient une foule d'émotions : la peur, le regret, la douleur… Il était en pleine tourmente.

Il fit un geste vers un banc vide, face à la mer.

— Je te demande juste de m'écouter, Brin. Si ce que je vais te dire ne trouve aucun écho en toi, je te ramènerai chez toi sans poser de questions.

Brin vit la voiture d'Abby sortir du parking. Quel choix avait-elle ?

— Comment as-tu su que j'étais ici ? demanda-t-elle alors qu'ils marchaient vers le banc.

— J'ai envoyé un SMS à Abby, elle me l'a dit.

Quelle traîtresse ! Sa meilleure amie lui avait tendu une embuscade ! Brin se promit de lui demander des explications plus tard.

Radd attendit qu'elle soit assise pour prendre place à côté d'elle. Puis il se débarrassa de sa veste et la posa sur le sac de plage, entre eux.

— La mer est si belle ! L'eau était-elle bonne ?

Brin leva les yeux au ciel. Il voulait vraiment parler de la température de la mer ?

— Très bonne, répondit-elle, un soupçon d'ironie dans la voix.

— Je t'ai versé ton argent ce matin. Il devrait bientôt être sur ton compte, ajouta Radd.

— Je n'en veux pas.

Radd eut un geste d'impatience

— Brin, nous avons conclu un marché. Tu as travaillé toute la nuit pour remplir ta part. La mienne était de te payer et c'est chose faite.

Mais Brin s'entêta.

— Je ne veux pas de ton argent.

Pourquoi avait-il fait tout ce chemin pour lui dire qu'il l'avait payée ? Il aurait pu lui envoyer un SMS ou un e-mail. Elle sentit le sang battre à ses tempes : une migraine s'annonçait.

— S'il te plaît, ramène-moi à la maison, Radd, dit-elle, d'un ton presque suppliant.

Radd se tourna vers elle, et essuya délicatement du pouce la seule larme qu'elle n'avait pas réussi à faire disparaître.

— S'il te plaît, ne pleure pas, Brin.

— Alors laisse-moi tranquille ! s'écria Brin, le visage dans les mains.

— Je ne peux pas…

Radd semblait torturé, mais la main qu'il posa sur son dos était étrangement rassurante.

— Je ne peux pas, je ne veux pas m'éloigner de toi.

Brin n'eut pas le courage de le regarder, alors elle fixa les dunes au loin.

— Ce n'est pas ce que tu as dit, hier.

— Hier n'était pas un bon jour, pour moi, répondit Radd avec un lourd soupir.

Doucement, il posa la main sur sa nuque.

— Tu ne veux pas t'asseoir et me regarder, Brin ?

Elle se redressa à contrecœur, et il lui fallut une bonne dose de courage pour croiser son regard.

— Je t'ai mal traitée hier, Brinley, et pour cela, je te demande pardon, dit Radd. J'aurais dû te défendre, dire la vérité au lieu de privilégier la version qui me convenait le mieux. Je t'ai déçue et blessée, j'en suis bien conscient.

En effet, elle s'était sentie trahie.

— J'aurais dû dire à Naledi d'aller au diable lorsqu'elle a demandé à voir ton téléphone, et je n'aurais jamais dû violer ta vie privée comme ça. J'aurais dû te faire confiance.

Brin hocha la tête. Elle n'était pas disposée à le laisser s'en tirer à si bon compte.

— Oui, tu aurais dû !

Comme Radd laissait un silence gênant s'installer entre eux, Brin se leva, le cœur serré. Qu'avait-elle espéré ? Qu'il lui dise qu'il l'aimait ? Quelle idiote !

— Maintenant que tu as dit ce que tu avais à dire, peux-tu me ramener chez moi ? Ou me rendre mon téléphone pour que j'appelle un taxi ?

Radd lui prit la main, et ce fut comme si des étincelles

crépitaient sur sa peau. Entre eux, l'attirance était toujours aussi forte. Pourquoi son cœur la torturait-il ainsi ?

— Je n'ai pas fini, affirma Radd.

— Eh bien, parle, et finissons-en ! lâcha Brin, à bout de nerfs.

— Je n'ai jamais dit à personne que je l'aimais, alors donne-moi une seconde, d'accord ?

Hébétée, elle le regarda. Avait-elle bien entendu ?

Elle posa la main sur sa poitrine.

— Qu'est-ce que tu as dit ?

Radd se redressa et planta ses yeux dans les siens.

— Je voulais dire ça avec finesse, avec éloquence, mais rien ne se passe comme prévu. Alors… tant pis.

Il prit son visage en coupe et déposa un baiser léger sur ses lèvres.

— Je suis un imbécile et un idiot, mais je t'aime à la folie, Brin. Oh ! mon Dieu, tu pleures encore…

Brin laissa échapper un rire nerveux et saisit les poignets solides de Radd de ses mains tremblantes.

— Tu peux répéter, s'il te plaît ?

Radd sourit, puis embrassa son nez, ses pommettes, puis sa tempe.

— Je t'aime, Brinley. Tellement que j'en deviens fou.

Tout à coup, elle laissa couler ses larmes.

— Mais… hier, tu m'as dit que tu n'envisageais pas l'avenir avec moi…

Radd soupira.

— Oui, c'est parce que j'avais peur, mais ce n'est plus le cas, désormais.

— Ah oui ? Et qu'est-ce qui a changé, entre hier et aujourd'hui ? demanda Brin sur un ton de défi.

Radd posa une main sur sa cuisse nue, comme s'il avait besoin de s'ancrer à elle, puis reprit la parole.

— J'ai eu une conversation avec Digby. Il m'a dit que j'agissais en dépit du bon sens et a voulu savoir pourquoi je n'étais pas aussi calme et détaché que d'habitude. Depuis que je t'ai rencontrée, je me sens mieux que jamais. Le monde semble un peu plus lumineux, plus coloré.

Radd baissa la tête, l'air embarrassé.

— Mon Dieu, c'est vraiment ringard ! Je ne sais pas si…

— Non, c'est parfait. Continue… C'est la première fois que quelqu'un me dit qu'il m'aime, alors sens-toi libre d'en faire trop.

Du pouce, Radd caressa sa pommette.

— Oh ! ma chérie, j'ai l'intention de t'aimer chaque jour du reste de ma vie. Désormais, c'est toi, ma priorité, et m'assurer que tu es heureuse est mon but de chaque jour. Je veux que tu réalises ton rêve en ouvrant ta propre boutique de fleurs.

Brin était dubitative.

— Tu me soutiendrais dans cette entreprise ?

— Bien sûr ! Tu es bien trop talentueuse pour ne pas tenter ta chance. Je ferai tout ce que je peux pour t'aider.

Brin se mordit la lèvre, le regardant à travers ses cils.

— Vraiment ?

— Oui, vraiment.

Comme elle demeurait muette, Radd fit mine d'être contrarié.

— Tu veux bien dire quelque chose ?

En voyant l'impatience dans ses yeux, Brin décida de le taquiner.

— Qu'est-ce que tu veux que je dise ?

— Eh bien, « Je t'aime » serait pas mal. Et « Oui, je t'épouserai, dès que tu le voudras » serait encore mieux.

Cette fois, elle crut que son cœur allait exploser. Il voulait l'épouser ?

— Tu ne m'as pas demandé de t'épouser, répliqua-t-elle, retenant avec peine un sourire radieux.

— Je le ferai, dès que tu m'auras dit que tu m'aimes aussi, répondit Radd, faussement vexé.

Brin perçut la note d'anxiété dans sa voix et sut qu'il n'était pas juste de pousser plus loin la plaisanterie. Comme elle, il avait vécu sans amour pendant trop longtemps et ne méritait pas qu'on le fasse languir.

— Bien sûr que je t'aime, Radd, dit doucement Brin, les larmes aux yeux. À la folie !

Radd posa son front sur le sien.

— Dieu merci !

Brin savoura le bonheur de cet instant unique, intense.

Puis elle effleura du doigt sa mâchoire et ajouta :

— Et je suis désolée de ne pas t'avoir parlé de Naledi. Je suis désolée si cela t'a causé des problèmes avec… Vincent. Je ne veux pas que tu perdes la mine à cause d'une chose aussi stupide.

Radd la regarda.

— Ce n'est pas très grave. Si Vincent nous vend la mine, tant mieux, et s'il décide de renoncer, tant pis ! Dans les deux cas, je pourrai vivre avec, répondit-il, philosophe.

— Mais tu en as besoin pour redorer le blason de ton entreprise !

Radd haussa les épaules.

— Oui, ce serait bien, mais Digby et moi avons décidé de ne pas nous battre pour cette vente. Dans quelques semaines, mon frère et moi nous réunirons pour discuter de l'avenir de l'entreprise, indépendamment des dommages causés par nos parents.

Brin posa son front dans le creux de son épaule.

— Tu es sûr ?

— Oui. Il est temps d'ouvrir un nouveau chapitre, Brinley. Veux-tu m'aider à l'écrire ?

Brin acquiesça.

— Je t'aiderai…

Stupéfaite, elle vit l'homme qu'elle aimait mettre un genou en terre devant elle et murmurer les mots qu'elle brûlait d'entendre :

— Brinley Riddell, veux-tu faire de moi le plus heureux des hommes en devenant ma femme ?

Brin sourit d'un air malicieux.

— Oui, à une condition.

Radd poussa un gémissement étouffé.

— Tu vas me faire languir, n'est-ce pas ?

Brin éclata d'un rire cristallin tandis qu'elle passait les mains dans ses cheveux.

— Je veux que la cérémonie ait lieu à Kagiso et que nous passions notre lune de miel à La Cabane.

— Je suis sûr que ça peut s'arranger. J'en parlerai au propriétaire. Alors c'est oui ?

Brin acquiesça, les yeux brillants d'émotion.

— Oui !

— Je vais t'embrasser dans une seconde, mais je voudrais poser une condition, moi aussi, dit Radd.

— Ah oui, laquelle ?

— Que tu me laisses t'offrir une nouvelle voiture en guise de cadeau de mariage ! dit-il avant de lui donner le plus passionné des baisers.

Vous avez aimé *Le baiser du Cap* ?
Découvrez la suite de votre série
« Scandale en Afrique » dès le mois prochain
dans votre collection Azur !

Retrouvez prochainement,
dans votre collection

AZUR

Le tendre secret d'un roi, de Cathy Williams - N°4510

Sitôt qu'elle croise le regard d'Abe, Georgie se sent défaillir. Voilà quatre ans qu'elle ne l'a pas revu, après qu'il est sorti de sa vie sans un adieu. Si elle l'aimait follement naguère, elle éprouve à présent une vive colère à son encontre. Le jour où Abe l'a abandonnée, il a emporté avec lui le secret de son identité. Un secret dont la révélation est un choc pour Georgie : son ancien amant n'est autre que le prince Abbas Hussein du Qaram ! Et la fille qu'ils ont eue ensemble, son héritière…

Les héritiers des Kamaras, de Millie Adams - N°4511

Trahie par son fiancé, Morgan tente de fuir la propriété familiale de ce dernier quand elle se retrouve bien malgré elle dans la chambre de Constantine, l'aîné des Kamaras. Celui-ci, qui lui a toujours témoigné un profond mépris, se révèle alors le plus audacieux des séducteurs. Et Morgan succombe à la passion entre ses bras durant une nuit interdite… Persuadée qu'elle ne le reverra jamais, Morgan tombe des nues lorsqu'elle découvre que ce moment d'égarement n'a pas été sans conséquence : elle attend des jumeaux !

L'enfant du Ghana, de Maya Blake - N°4512

Du désir brut. Voilà ce qu'éprouve Atu Quayson lorsque Amelie Hayford débarque dans son bureau pour en découdre avec lui. La plus belle femme du Ghana a appris qu'il tente de mettre la main sur la station balnéaire dont elle est l'héritière – et elle ne compte pas le laisser faire ! En effet, tous deux sont rivaux en affaires et coutumiers des passes d'armes. Alors pourquoi Atu ne rêve-t-il que d'une chose : rappeler à son ennemie qu'ils ont autrefois partagé le plus brûlant des baisers ?

Inoubliable passion, de Heidi Rice - N°4513

Alors qu'il débarque au mariage de sa sœur, Ross De Courtney reçoit le choc de sa vie. Parmi les invités se trouvent l'inoubliable Carmel, qu'il a faite sienne durant un lointain bal, et un petit garçon qui ressemble trait pour trait à l'enfant qu'il a été. Loin de nier l'évidence, Carmel lui pose très vite un ultimatum : Ross devra endosser son rôle de père auprès de leur fils… ou disparaître à jamais de leur vie !

L'époux d'un scandale, de Jackie Ashenden - N°4514

Le scandale est une seconde nature chez Castor Xenakis. Habitué à défrayer la chronique, il ne s'étonne de rien – ou presque. Le soir où l'innocente Glory pénètre dans son manoir sans y avoir été invitée pour s'offrir à lui, il tombe des nues ! Si la belle l'attire assurément, il n'est pas question pour lui de profiter de la naïveté de cette jeune femme visiblement désespérée. Mais rien ne lui interdit de faire une contre-proposition à sa visiteuse : qu'elle joue auprès de lui le rôle d'épouse…

Les noces d'Elena, de Therese Beharrie - N°4515

Héritière d'une puissante famille, Elena s'apprête à épouser par devoir un homme qu'elle n'aime pas. Mais avant cela elle s'autorise un voyage en Italie pour interviewer le businessman de l'année. Seul problème ? Micah Williams se révèle bien différent du terrible magnat auquel elle s'attendait, au point qu'Elena finit par succomber à son charme. Et, quand Micah lui propose un mariage de convenance qui la rendrait libre, elle est soudain très tentée d'accepter…

Corps-à-corps envoûtant, de Cara Colter - N°4516

Voilà deux ans que Sophie n'avait pas mis les pieds sur l'île de Havenhurst, et c'est avec émotion qu'elle y retrouve sa meilleure amie, la princesse Maddie. Hélas, son séjour au palais implique qu'elle soit protégée par Lancaster, un garde du corps qu'elle ne connaît que trop bien. À deux reprises, elle s'est jetée à son cou… avant d'être éconduite. L'homme, aussi sexy qu'imperturbable, l'attire bien malgré elle. Se pourrait-il que leur tête-à-tête prolongé aboutisse cette fois enfin à la romance dont elle rêve en secret ?

Un trésor inestimable, de Pippa Roscoe - N°4517

SÉRIE : *PRÉCIEUX HÉRITAGE* - 3/3

Lorsque Summer Soames débarque à Athènes, c'est avec l'intention de résoudre le mystère des bijoux disparus de sa famille. Au lieu de quoi, la voilà qui tombe sous le charme du splendide Theron Thiakos… Grisée par la liaison qu'ils entament, Summer perd la raison en même temps qu'elle perd ses objectifs de vue. Le retour à la réalité est donc brutal, le jour où son amant la chasse brutalement de sa vie. Comment, cinq mois après l'avoir abandonnée, Theron ose-t-il se présenter à sa porte ? Aurait-il découvert son précieux secret ?

La conquête d'un play-boy, de Joss Wood - N°4518

SÉRIE : *SCANDALE EN AFRIQUE* - 2/3

Devenue la tutrice d'une adorable fillette âgée de trois ans, Bay est résolue à lui assurer un avenir confortable. Et pour cela elle doit d'abord trouver un emploi ! Son entretien avec Digby Tempest-Vane, qui recherche une décoratrice d'intérieur pour l'un de ses prestigieux hôtels du Cap, pourrait être sa chance ! Seulement, sa rencontre avec le milliardaire ne se passe pas exactement comme prévu. Subjuguée par le sulfureux play-boy, Bay est assaillie de pensées interdites, alors même qu'elle se doit de rester professionnelle…

Les vœux du désir, de Clare Connelly - N°4519

« C'est vous que je dois épouser », déclare Olivia à Luca Giovanardi. Jamais elle n'aurait cru pouvoir se montrer si audacieuse, mais le temps presse. Si elle veut toucher son héritage, elle est obligée de convoler avant ses vingt-cinq ans avec Luca. Certes, tous deux sont de parfaits étrangers l'un pour l'autre, mais ils auraient tout à y gagner. Olivia conserverait Hughenwood House, le domaine de sa famille, tandis que Luca verrait sa réputation de play-boy enfin restaurée. Reste à le convaincre de jouer avec elle cette comédie de façade, sans lui révéler la troublante passion qu'il éveille en elle…

La fierté de Nik Cozakis, de Lynne Graham - N°4520

Olympia est au pied du mur : sa mère est gravement malade et a besoin de soins médicaux onéreux qu'elle n'a pas les moyens de lui payer. Malheureusement, son unique solution est de solliciter l'aide de Nik Cozakis, le puissant et impitoyable homme d'affaires qu'elle aurait dû épouser dix ans plus tôt si un scandaleux malentendu n'avait entaché sa réputation. Nik, humilié et fou de rage, l'avait alors rejetée avec le plus grand mépris. Olympia tente donc le tout pour le tout en se tournant vers lui. Et, à sa grande surprise, Nik accepte de la soutenir, mais à une condition : qu'Olympia lui donne un héritier…